Le sanctuaire du crépuscule

Hadrien Abegg

LE SANCTUAIRE DU CREPUSCULE

Roman

L'Harmattan

5-7, rue de l'École-Polytechnique ; 75005 Paris
http://www.editions-harmattan.fr
ISBN : 978-2-343-23968-2
EAN : 9782343239682

Chapitre I

Léa était à son domicile, encore couchée, à moitié dans la pénombre. À travers la grande baie vitrée, la vue était imprenable. La ville s'étalait là, dans toute sa diversité et ses vies. Des milliers de maisons, des centaines d'immeubles ensoleillés. Tout oscillait entre le blanc, le beige et le rose, et un silence impressionnant entourait cette vue. C'était le matin. Rien ni personne n'existait dans cet horizon qui puisse l'empêcher d'apprécier ce sentiment d'infini et de liberté. Elle ressentait cette plénitude et cela faisait longtemps que ce n'était pas arrivé. Instant unique qui s'offrait à elle dans son corps réceptacle. Le sentiment d'acuité du lieu et du temps l'emplissait de béatitude.

Le constat de n'être pas morte la parcourut tout entière. Il n'était pas tout à fait l'heure de bouger. Elle profita ainsi de ces quelques minutes avant de se redresser. Le contraste entre l'immensité lumineuse de la ville et la pénombre de la pièce créait une intensité particulière. Rien n'était à même de troubler ces secondes.

Elle prit une cigarette et la porta à sa bouche. Tout était calme. C'était à la fois un jour comme n'importe lequel de sa vie, et une journée unique. Même si, en bonne inspectrice de police, elle restait focalisée sur l'objectif, la traque du criminel, un tueur en série qui, selon toute vraisemblance, se dissimulait dans le cadre idyllique de cette vue panoramique.

Il lui restait encore du temps pour savourer son nouvel appartement. Elle se dirigea vers le fauteuil, s'assit, respira profondément, et se remémora la situation improbable dont elle avait été le témoin récent. Comment elle avait échappé à la mort grâce à un concours de circonstances heureux, une envie pressante de soulager sa vessie dans les toilettes de cette station-service…

« Ce jour-là était ensoleillé, mais le soleil allait prendre une couleur d'orange sanglante. C'était un après-midi apparemment banal, l'enquête était au point mort et rien ne laissait présager l'horreur de ce qui allait suivre.

Léa se souvenait surtout de son bas-ventre capricieux et de cette forte envie d'uriner. Juan, son coéquipier, conduisait en fredonnant une sorte de berceuse, sans se soucier le moins du monde de sa demande pressante. Elle vivait très mal cette indifférence et s'irritait qu'il ne veuille pas s'arrêter.

Lui savait qu'il devait faire le plein d'essence et qu'il trouverait bientôt un lieu approprié à la situation. Lorsqu'ils furent enfin proches du but, elle se calma. L'endroit paraissait tranquille, une station-service ordinaire au bord d'une route nationale sans histoire. Léa s'élança hors de la voiture et courut vers les toilettes publiques. Juan s'apprêtait à faire le plein quand la fermeture de sa portière mit un terme à sa relation avec le véhicule banalisé.

De là où elle était, elle n'entendit que l'écho de l'explosion spectaculaire, mais tout des cris de détresse qui s'ensuivirent. C'était ce que Léa avait expliqué au poste de police du district.

Lors de la désintégration de leur voiture de service, qui tua sur le coup le pompiste à proximité, Juan fut propulsé dans les bosquets, pourtant à bonne distance. La violence du choc, alliée à la déflagration, le défigura. Son visage calciné ressemblait à celui d'un squelette, son corps paraissait brisé et inerte. Il souffrait sans doute de fractures multiples, mais il respirait encore.

L'explosion avait été d'une telle puissance qu'elle avait tout détruit sur son passage, et ce fut un spectacle atroce de flammes écarlates qui éclataient et crépitaient en tous sens, amplifié par l'intensité du soleil couchant, dans ce paysage habituellement tranquille. La population des environs, alertée par les sirènes des pompiers et des ambulances, fut prise d'une panique aveugle qui effraya même Léa, la professionnelle. »

Sa mémoire vacilla. Elle était troublée par le souvenir de cette expérience désastreuse. Des bribes de visions se bousculaient dans sa tête, des flashs d'individus terrorisés qui s'enfuyaient coûte que coûte vers des directions indéterminées. Et puis son associé, noirci par les flammes, sa posture désarticulée dans l'herbe brûlée. Plus rien ne ressemblerait au passé, c'était devenu l'événement majeur de sa jeune vie. Pourtant, très vite, malgré le harcèlement incessant de ses pensées tragiques, elle avait repris pied.

Elle était encore là. Aujourd'hui, il s'agissait de vivre l'instant présent, de chercher encore une saveur à ce temps et cet espace, ce lieu où elle vivait maintenant.

Elle s'approcha de l'armoire coulissante et l'ouvrit. À l'intérieur, une série de cintres et plusieurs tenues. Elle en choisit une sans vraiment y penser et l'enfila rapidement. C'était un jean et un tee-shirt très coloré, constellé de motifs de papillons et de fleurs. Léa aimait et était même fascinée par les insectes, particulièrement les papillons et leurs ailes multicolores, leur façon de voler dans un silence apaisant.

Une fois habillée, elle se rassit. Le monde autour d'elle allait trop vite. Elle inspira à nouveau profondément. Dans l'appartement, pas un bruit. Seul le souffle d'une légère brise parvenait de la baie vitrée entrouverte. Ces instants lui plaisaient, elle ne voulait pas se souvenir du reste. Trop de sang jonchait les reliefs de la ville. Déjà cinq adolescentes, victimes d'un tueur en série, et peut-être plus à venir…

La résolution de cette affaire ne semblait pas s'orienter dans la bonne direction. Elle voulut prendre encore le temps de s'étirer dans le grand canapé, mais le téléphone sonna. Elle ne décrocha pas.

Sur le répondeur, la voix familière de son supérieur, le commissaire Jordan :

« Bonjour Léa, je vous sens encore traumatisée par les événements récents. Une immense tristesse nous pénètre tous malgré notre grande expérience de ces infamies. Nous allons traquer et à arrêter le responsable de ces crimes.

Après ce choc et votre convalescence, je vous laisse libre de réintégrer la brigade quand vous vous en sentirez capable. En même temps, vous aimez votre métier et revenir vous aiderait sûrement à surmonter cette épreuve, car ce dossier est le vôtre.

Je voulais aussi vous parler de votre nouveau coéquipier, Georges, le remplaçant de Juan. Il souhaite vous rencontrer dès que possible. Nous sommes de tout cœur avec vous. Bon courage ! À bientôt. »

Léa, circonspecte, resta quelques instants immobile et pensive. Elle demeurait consciente des risques qu'elle encourait. Son supérieur ne voulait pas la brusquer ou l'alarmer, mais elle percevait dans ces quelques paroles d'encouragement sa volonté de lui faire reprendre l'enquête dans les plus brefs délais.

Jusque-là, le tueur ne s'était attaqué qu'à des filles de quinze à dix-sept ans, issues des quartiers pauvres de la ville. Il paraissait suivre des protocoles qui ressemblaient à des crimes rituels. Les victimes avaient toutes un physique androgyne. Léa était encore jeune dans le métier, pourtant elle avait l'intuition d'être directement visée. L'explosion avait renforcé cette impression, bien que tout paraisse encore hypothétique.

Elle aspira longuement une bouffée de sa cigarette… Et si cet assassin savait vraiment qui elle était ?

L'envolée de quelques pages d'un cahier posé sur sa table de travail la fit tressaillir. C'était sûrement le vent. Elle ne se sentait pas observée, mais un vague sentiment de paranoïa la traversa soudain. Léa s'avança vers le balcon.

Elle ouvrit la fenêtre en grand. La ville était encore plus belle vue de l'extérieur, jusqu'à l'horizon. Des petites ruelles s'élevait la musique de quelque groupe de rue dont le saxophone entamait un air mélancolique. Du boulevard lui parvenait le concert des Klaxons de voitures, de la sirène d'une ambulance et des moteurs de deux-roues pétaradants. Une étrange gaieté mêlée de nostalgie émanait de ce paysage, propre à certains pays d'Amérique du Sud.

Il faisait beau et le ciel d'un bleu profond contrastait avec la couleur passée ou parfois très sombre des murs. La saleté s'était incrustée dans les entrailles de la métropole où l'ancien cohabitait avec un urbanisme plus récent, aux larges avenues baignées d'une lumière particulière. Chaque carrefour était un encombrement coloré de piétons, de véhicules en tous genres, de feux de signalisation et de chiens abandonnés qui erraient au milieu de cette cacophonie ponctuée de cris d'enfants en partance pour l'école.

Émue par le spectacle, Léa se pencha par-dessus la rambarde et étira longuement son corps frêle avant de regagner l'intérieur de la pièce. Des bruits de pas résonnaient dans l'escalier et interrompirent sa rêverie, ce qui l'irrita légèrement, même si elle y était habituée.

Elle s'approcha d'un grand miroir dans un coin de la chambre et s'y contempla quelques instants. Métisse, née d'un père amérindien d'Amérique latine et d'une mère du nord de l'Europe, il se dégageait d'elle un charme très particulier, presque primitif. Son corps mince et basané, ses cheveux châtains coupés court encadrant un visage aux pommettes saillantes, sa poitrine peu développée, ses vêtements souvent unisexes, tout pouvait lui donner une allure androgyne, semblable à celle des proies de ce mystérieux *serial killer*…

Brusquement son visage se crispa, ses yeux verts se plissèrent comme tiraillés par une nouvelle sensation. De sa bouche sortirent un mince filet de salive, puis un gémissement long et continu. Elle baissa les yeux vers son ventre, une large lame effilée transperçait son abdomen, et une flaque de sang se répandait tout autour de son corps. Elle ébauchait quelques mouvements saccadés jusqu'au canapé, quand la sonnerie de la porte d'entrée retentit tout à coup. Le bruit la fit sursauter.

Elle venait d'avoir une hallucination. Léa avait l'habitude de ces rêves éveillés qui faisaient partie de sa vie depuis longtemps déjà. Elle supportait difficilement ces visions soudaines, incontrôlées, parfois délirantes, souvent violentes, qui étaient amplifiées par une consommation régulière de paradis artificiels.

Ce qui ressemblait à un déséquilibre mental était plutôt une forme de clairvoyance héritée de ses ancêtres paternels, adeptes du chamanisme. Quand il n'était pas parasité par ses angoisses, ce don l'aidait dans ses enquêtes. Mais la jeune femme dépensait beaucoup d'énergie à essayer de dissimuler ses comportements bizarres au regard des autres, l'obligeant à vivre sur le fil du rasoir en permanence.

Prise d'une pulsion sensuelle, elle commença à se caresser, quand la sonnerie retentit à nouveau. Elle n'attendait personne. Après un court instant d'hésitation, elle s'approcha du judas de la porte, sans faire de bruit. Elle distingua une silhouette dans le couloir mal éclairé. C'était apparemment un tout jeune homme, qu'elle apercevait un peu déformé par l'œilleton.

Léa se décida à ouvrir : « Bonjour madame, lui dit-il. Je vends des carnets illustrés au profit des aveugles et des malvoyants. » Il représentait une organisation caritative. Elle lui donna de bon cœur quelques pièces et reçut en échange des reproductions de dessins et de peintures des grands maîtres de la Renaissance.

Une fois la porte refermée, elle se recroquevilla à nouveau sur le canapé. Elle ne voulait décidément pas aller au bureau, du moins pas tout de suite. Elle restait là, dans un état de flânerie et de rêverie permanent.

Léa était intriguée par le surnom qu'on avait donné au tueur : « Le Coyote », un animal agile et dangereux, capable d'attaques mortelles, tout comme ce meurtrier sur des jeunes filles de la ville et de sa banlieue. Les morsures sur les corps présentaient des similitudes avec celles de l'animal. Elle réfléchissait à des pistes mais, jusqu'à maintenant, pas plus qu'aucun autre agent, elle n'avait été en mesure d'identifier le criminel.

Léa en vint à la conclusion que la meilleure approche était d'aller rendre visite à l'unique rescapé de ces meurtres sordides. Luys, un adolescent orphelin, traumatisé, en séjour dans un hôpital psychiatrique depuis sa confrontation avec l'assassin. Elle l'avait rencontré une fois sans avoir pu communiquer.

Léa savait d'après le rapport de l'hôpital et ses notes personnelles que l'adolescent était comme elle, fasciné par les insectes, et qu'avant ce terrible drame, il travaillait depuis peu comme agent de nettoyage à la gare ferroviaire.

Elle alluma une nouvelle cigarette, tout en consultant son ordinateur. Des extraits d'articles de journaux montraient des photos du garçon avant l'agression. Visage avenant, traits fins et réguliers, cheveux mi-longs, corps longiligne. Il avait tout d'un adolescent à l'allure androgyne, beau et joyeux.

Voilà pourquoi le tueur, dans sa folie, l'avait pris pour une fille et s'était attaqué à lui, le laissant presque mort après lui avoir fait subir d'affreuses tortures. Il n'avait dû sa survie qu'à un vieux cheminot qui passait près de la ligne de chemin de fer désaffectée où l'horrible scène était en train de se passer. L'assassin s'était alors volatilisé sans pouvoir achever son acte barbare.

Depuis son agression, Luys était défiguré, le visage détruit par des morsures, des coupures et des brûlures, décharné, méconnaissable. Il ne s'exprimait plus du tout.

Léa se sentit à la fois émue et en colère devant cette jeune vie gâchée. Elle cherchait d'une certaine façon à réparer ce qui était irrémédiablement brisé, et voulait coûte que coûte essayer de découvrir des indices, en tentant de faire parler cet être devenu amorphe, sans expression, presque monstrueux.

Elle refit le point sur ses notes. Le garçon avait été placé à l'âge de huit ans dans une famille d'accueil, chez une certaine madame Laura qui habitait une grande demeure, une sorte de manoir, aux confins de la ville. La légende voulait que son mari allemand, sans doute très âgé, ait été un officier de la Wehrmacht durant la Seconde Guerre mondiale. Il disposait, disait-on, d'une gamme impressionnante de distinctions et de médailles militaires, et conservait encore précieusement ses uniformes et ses galons.

À la demande de Luys, le Service tutoriel de l'enfance l'avait récemment émancipé pour ses 16 ans. Depuis, le jeune garçon vivait en ville. D'après les témoignages des voisins, une ambiance morbide entourait madame Laura qui n'incitait pas vraiment à lui faire confiance. De plus, un tic de la langue déformait ses paroles, rendant sa personnalité très étrange de prime abord. Certains disaient même que son mari était mort depuis qu'on ne l'entendait plus jouer du piano.

Léa voulait quand même tenter sa chance et les rencontrer l'un comme l'autre. En allumant une nouvelle cigarette, elle se mit tout à coup à trembler dans la pénombre et le silence de son salon. Son canapé lui paraissait soudain trop petit, inconfortable, presque angoissant. Pourtant, il y avait peu de chance que le tueur connaisse son adresse, se disait-elle pour se rassurer sans trop y croire. Cherchant à reprendre ses esprits, elle essaya de maîtriser sa respiration et le silence pesant redevint progressivement paisible.

Elle esquissa quelques gestes pour s'assurer qu'elle était encore vivante. Son nouveau domicile était certes discret et plein de charme, mais elle sentait instinctivement qu'il serait plus prudent de ne pas y rester trop longtemps. Elle prit son pistolet et quelques vêtements dans un sac de sport et sortit.

Chapitre II

Le boulevard grondait des coups de Klaxon et des moteurs de voitures à touche-touche dans un ralentissement incompréhensible. Léa s'engagea dans des rues plus étroites, où se tenait un marché qui grouillait de clients et de marchands qui s'apostrophaient dans la lumière crue de midi. Un boucher côtoyait un marchand de tableaux anciens et de bijoux de pacotille, et des étalages de tomates et de pastèques. Les vendeurs haranguaient le chaland de leurs voix fortes. Chacun connaissait son rôle à la perfection. La foule se pressait dans les allées. Mais Léa n'était pas là pour s'attarder. Elle se faufila rapidement au milieu des badauds.

Lorsqu'elle arriva au stand de tir de la police, elle ne reconnut aucun des membres du service dont elle dépendait. Pourtant, ils étaient tous en relation plus ou moins étroite avec son unité. Le seul individu qu'elle avait pris l'habitude de rencontrer là, assidu à ses entraînements, c'était Juan, son coéquipier.

Ce souvenir ne l'empêcha pas de s'entraîner avec application. Elle enfila un casque, puis sortit son arme de poing et s'installa dans une des rangées libres. Ses tirs étaient cadencés et précis. Elle se souvenait des paroles de Juan et de sa méthode de tir :

« Il faut être relâché, respirer profondément, fixer son œil directeur sur le cran de mire et le guidon alignés sur l'objectif à atteindre, puis appuyer souplement sur la détente avec la pulpe de l'index. »

À trente mètres, elle atteignit plusieurs fois la cible en pleine tête, au même endroit. Nombre des tireurs présents furent surpris par ce tir groupé de la part d'une personne aussi jeune et menue.

Léa appréciait cette discipline comme un exutoire lui permettant de se débarrasser du stress et des tensions accumulés au cours des derniers jours. Même si la rage était un paramètre de l'action, il demeurait primordial qu'elle reste concentrée, mobile et en alerte, à l'affût de la moindre vision suspecte, du plus petit bruit à même de déclencher des répercussions nuisibles. Pour toutes ces raisons, l'entraînement au tir et à ses règles strictes était devenu son domaine de prédilection.

Se sentant plus sereine, elle décida finalement de se rendre au bureau, à proximité du stand de tir. À peine arrivée, elle vit le commissaire Jordan venir à sa rencontre avec un grand sourire. C'était un homme entre deux âges, originaire des Caraïbes, grand, costaud, au crâne chauve et luisant :

« Bonjour Léa, je ne m'attendais pas à vous revoir si vite. Nous sommes tous désolés par la situation actuelle et particulièrement celle de Juan, entre la vie et la mort depuis ce drame.

« Vous paraissez malgré tout en bonne forme et j'aimerais savoir si vous privilégiez une piste particulière dans votre enquête, depuis cet incident grave. J'entends dire que le jeune Luys serait à même de vous fournir des informations précieuses sur le tueur, et que son profil vous intéresse. Des nouvelles de ce côté-là ? »

Léa chercha à être réactive :

« Tout ceci est très récent. Luys est sous le choc de cette agression sauvage, effectivement, je suis de près son évolution. C'est un miracle qu'il soit encore en vie. Nous savons par les médecins qu'il s'intéresse aux insectes et que les victimes sont toutes tatouées d'un scarabée ou d'un papillon sur l'épaule. Les autopsies ont confirmé qu'il s'agissait d'un rituel *post mortem*... »

« Y aurait-il un rapport entre les deux ? » demanda Jordan.

« Peut-être... Le mode opératoire du Coyote n'est pas commun. Nous n'avons pour le moment aucune piste sérieuse. Les résultats d'analyses des fragments d'ADN retrouvés dans les morsures du tueur et celles des traces de sperme sur les victimes proviennent de deux personnes différentes, et ne correspondent à aucun des criminels fichés par nos services. »

« Alors ils pourraient être deux ? Et donc plus difficiles à appréhender... »

« Je vais tenter de revoir Luys et je vous tiendrai informé. »

Bien que peu convaincu et tentant de masquer l'expression de misogynie qui transparaissait sur son visage, le commissaire s'empressa tout de même de l'encourager : « Bonne chance, alors ! »

La jeune femme lisait dans les pensées de son supérieur, mais elle fit mine d'acquiescer.

Le bureau de Léa était méticuleusement rangé. Tout y était classé et catégorisé par enquête, suivant un ordre chronologique et d'importance. Sur sa table, on trouvait côte à côte fichiers et articles de journaux, le tout sous une lumière tamisée propice à la réflexion. Plusieurs profils de suspects ou de personnes proches de l'enquête étaient affichés sur un tableau près du classeur de dossiers. Parmi eux, celui de Linda Sue, une journaliste de presse écrite et télévisuelle qui n'arrêtait pas de harceler les enquêteurs depuis le premier meurtre. Léa avait noté à côté de son portrait : « Alliée ou ennemie ? »

En dessous, on reconnaissait le portrait d'Oswald, un biologiste de la police scientifique que Léa connaissait depuis l'université et qui la conseillait sur cette enquête. Cet homme aimable se passionnait pour la faune et la flore, comme Luys.

On pouvait voir, étalées sur la table, des photographies des victimes prises sous différents angles, adolescentes, serveuses de bar ou prostituées, à peine sorties de l'enfance. Leurs corps, mutilés par de multiples morsures, coupures et brûlures, paraissaient comme rétrécis par les sévices endurés. Les visages étaient défigurés. Léa ne put masquer un rictus de répulsion à la vue de ces atrocités.

Les tatouages d'insectes sur l'épaule des victimes, leur rapport à la nature étaient autant d'indices notés par la jeune femme qui voulait revoir Luys le plus rapidement possible pour essayer de vérifier ces liens.

Seul être vivant à avoir été témoin de faits qu'aucun autre ne pourrait jamais plus raconter, il avait eu une relation directe avec le meurtrier qui faisait de lui une piste primordiale, une des clefs de toute cette affaire.

Au dire des psychiatres, le garçon, dont l'état s'était aggravé, était maintenant atteint de délire paranoïaque. Léa s'accorda une pause et alluma une cigarette, en sachant qu'il était formellement interdit de fumer dans l'enceinte du commissariat.

Elle se demandait comment parler à l'adolescent dont la vie avait évidemment basculé dans un cauchemar. Devenu colérique et renfermé, inaccessible, presque autiste, il ne s'ouvrait que lorsqu'un climat de confiance ou une forme de complicité parvenait à s'instaurer avec son interlocuteur.

Pour lui, rien ne serait plus jamais comme avant, et la jeune enquêtrice n'était pas certaine de savoir l'aborder sans risques. Elle pensait simplement utiliser la gentillesse, l'empathie et l'écoute. Elle l'avait déjà rencontré une fois et l'adolescent était resté muet durant tout l'entretien, en l'ignorant et en continuant ses activités. Isolé dans sa chambre de l'hôpital psychiatrique, il assemblait et empilait systématiquement des cubes en plastique pendant qu'elle cherchait à lui parler. Elle avait alors ressenti un malaise s'installer insidieusement dans la pièce. Depuis, elle appréhendait une nouvelle rencontre, ce qui la rendait elle-même anxieuse.

Le lendemain, Léa reparut au bureau. Depuis le parking, elle aperçut, devant le commissariat, plusieurs journalistes à l'affût de la moindre information. Dès qu'une personne pénétrait ou sortait du bâtiment, les flashs crépitaient aussitôt. Presse écrite et télévisuelle se ruait sur le premier quidam supposé les faire progresser dans leur narration des événements. Elle se rapprocha discrètement de l'entrée, ne voulant évidemment pas alerter tout ce beau monde.

Linda Sue, la journaliste déterminée à la poursuivre coûte que coûte dans son enquête, était parmi eux. Elle disposait d'un camion aménagé en studio qui lui permettait de retransmettre en direct les nouvelles du jour. Léa cherchait à tout prix à éviter cette rencontre. Elle se souvint d'une entrée dérobée à l'arrière de l'immeuble et se dépêcha de l'atteindre sans être remarquée.

Dans le couloir, elle croisa à nouveau son supérieur. Cette fois-ci, il était accompagné d'un autre homme : « Bonjour Léa, comment allez-vous ce matin ? Je vous présente Georges, votre nouveau coéquipier. »

Georges ressemblait à un Scandinave. Il était joufflu comme un jeune enfant. Son corps massif et sa taille contrastaient avec son visage qui n'était pas celui d'un homme pourtant d'âge mûr. Il portait des lunettes de soleil, bien que l'on soit à l'intérieur. Léa lui tendit la main qu'il serra avec un enthousiasme mêlé de timidité.

« Georges, en l'absence de Juan, sera dorénavant votre partenaire sur l'affaire du Coyote. Bon courage à vous deux ! »

Léa expliqua aussitôt à son collègue les premiers éléments de l'enquête et l'informa qu'elle allait revoir Luys le jour même. Elle lui remit le dossier et l'invita à y ajouter des commentaires s'il le sentait.

Il acquiesça et se dirigea vers la machine à café, pendant que la jeune femme allumait une nouvelle cigarette interdite.

Chapitre III

Quand elle arriva à l'hôpital psychiatrique, Léa se dirigea discrètement vers l'étage des hospitalisations long séjour. Mis à part le médecin de Luys, personne ne savait qu'elle était inspectrice de police. L'endroit était rempli de patients plus ou moins atteints par les accidents de la vie.

Assommés par la camisole chimique des neuroleptiques, certains erraient dans les couloirs comme des zombies, d'autres étaient assis devant la télévision fixant un programme qui tournait en boucle. On pouvait entendre des cris de bête sauvage provenant d'une des cellules fermées à clé. Chacun semblait isolé dans son univers.

À presque 17 ans, Luys s'était retrouvé dans le secteur des adultes par manque de place dans celui des plus jeunes. Elle frappa à la porte de sa chambre avant d'entrer. C'était purement pour la forme, car compte tenu de son état elle savait qu'il ne répondrait pas.

À l'intérieur, il n'y avait personne. À part des murs blancs, des barreaux à la fenêtre, un lit défait, une chaise, une table et une armoire, il n'y avait pas un brin d'humanité dans cet espace carcéral. Elle redescendit et se présenta à l'accueil :

« Je veux voir Luys. »

« Oui, un instant ! »

Après quelques secondes, la secrétaire se tourna vers Léa :

« Je vous ai déjà vue. Le médecin-chef a laissé des consignes vous concernant. Luys déjeune en ce moment. Si vous voulez le voir, il faudra patienter. »

La patience n'était pas le point fort de Léa. Elle se faufila dans les couloirs sans être remarquée par la secrétaire. Après avoir poussé plusieurs portes, elle finit par déboucher dans le réfectoire où déjeunaient quelques patients entourés d'infirmières et d'un médecin. À sa vue, un homme aux yeux globuleux, au teint blafard et au crâne dégarni se mit à baver son repas sur le plateau plein d'aliments. Face à lui, une femme au visage osseux et aux yeux alarmés se mit à pousser un cri strident, aigu et persistant. Enfin, un jeune homme aborda Léa par un tonitruant : « Embrassons-nous, le soleil est plein ! »

Elle ébaucha un mouvement de recul, mais il s'était déjà remis à bavarder avec un camarade proche de lui, en détournant son regard de la jeune femme.

Luys n'était assis à aucune des tables environnantes et c'est lorsqu'elle tourna la tête vers la fenêtre qui donnait sur le jardin qu'elle le vit, assis tout seul au soleil. Il avait peigné ce qui lui restait de cheveux et grattait la terre avec un râteau. La répulsion que lui inspirait ce visage dévasté se mélangeait à de la fascination. Le bel adolescent s'était littéralement métamorphosé en monstre. Il ne semblait lui rester que des trous à la place des yeux.

En descendant l'escalier pour le rejoindre, Léa croisa le médecin-chef :

« Bonjour mademoiselle, vous auriez pu me prévenir de votre visite. C'est ce qui était convenu entre nous, n'est-ce pas ? »

« Désolée, docteur, j'ai dû prendre cette décision au pied levé, l'enquête nécessite que je revoie Luys en urgence ! »

Cette nouvelle visite ne fut pas plus fructueuse, mais elle fut plus douloureuse que la précédente. Luys avait regagné sa chambre et il ne paraissait pas prêter attention à la jeune inspectrice qui se tenait pourtant face à lui, embarrassée, essayant de créer du lien en lui posant des questions maladroites qui restaient sans réponses :

« Bonjour Luys, comment vas-tu ? Je te trouve très… »

Elle cherchait ses mots :

« … C'est une belle journée, n'est-ce pas ? »

Il faisait toujours mine de l'ignorer. Son visage, si expressif autrefois, était celui d'un mort-vivant.

« Je vois que ta chambre est très bien rangée… C'est une balle de tennis que tu tiens dans la main ? Tu aimes ce sport ? »

Le garçon manipulait la balle et la faisait rebondir sur les murs de la chambre.

« Je sais que tu as été récemment victime d'un grave accident. Tu t'en souviens ? »

Les phrases creuses de Léa se heurtaient au silence obstiné de Luys. Et cet entretien paraissait voué une fois encore à l'échec. Elle n'insista pas. En général, Léa s'imaginait entrer facilement en contact avec autrui, mais elle ne savait vraiment pas où classer Luys sur l'échelle de ses relations. Brusquement, il cria de toutes ses forces en lançant violemment sa balle en direction de la jeune femme. Reprenant ses esprits, celle-ci l'attrapa au bond et la lui retourna. Il ne réagit pas et laissa retomber la balle au sol. Puis il se dirigea vers l'armoire de la chambre et en sortit une grosse boîte qui paraissait lourde.

« Tu veux me montrer quelque chose ? »

Luys s'était placé face à la table et Léa ne distinguait plus que son dos courbé. Lorsque l'adolescent se retourna brusquement, il tendit la boîte à Léa. Un serpent belliqueux apparut en sifflant, qui semblait la dévisager. Elle esquissa un tressaillement de surprise mêlé de peur et de répulsion.

Le serpent se dressait, manifestement mécontent d'avoir été dérangé dans son sommeil. Mais, juste avant qu'il ne se jette sur sa proie, Luys saisit le reptile par le cou tout en l'observant méticuleusement, à distance suffisante de son visage. La frayeur de Léa s'estompa petit à petit et fit place à la colère devant ce vilain tour.

Elle sortit soudain un miroir de son sac à main et le brandit devant Luys. À la vue de la transformation de son visage, l'adolescent poussa un hurlement de frayeur.

Un des médecins psychiatres, alerté par les cris, entra pour chercher à le calmer et l'obligea à remettre l'animal dans sa boîte. Léa ne s'expliquait pas son propre geste, totalement décalé et presque pervers. Elle aborda pourtant le médecin brutalement :

« Vous tolérez ce genre de bêtes dans un hôpital ? »

« Rassurez-vous, il n'est pas venimeux ! Nous savons tous que Luys est fasciné par l'univers des insectes et des reptiles. C'est une manière d'établir la communication… »

Le garçon semblait s'être assoupi. Dans le tumulte de l'action, une photo de lui plus jeune et souriant, en compagnie d'un chien, était tombée par terre. Léa la ramassa, en prit discrètement un cliché avec son téléphone portable avant de la reposer sur la table.

Une fois sortis de la chambre, le médecin reparla avec elle du parcours de Luys, la mort de ses parents à sa naissance, l'orphelinat, sa famille d'accueil.

La jeune femme ne le retint pas plus longtemps, car elle connaissait déjà la plupart de ces détails. Elle regagna le jardin de l'hôpital. La journée était particulièrement lumineuse. Elle alluma une cigarette et fit le vide dans sa tête, encore troublée par son attitude inexpliquée qu'elle mit sur le compte du stress. Il était important de prendre le temps de vivre, même brièvement, et le cadre s'y prêtait tout à fait. Elle déploya son corps mince sur une chaise longue destinée aux patients et profita du soleil de l'après-midi :

« J'irai rencontrer cette famille d'accueil qui m'en apprendra peut-être plus que tous ces médecins ! » songea-t-elle, tout en savourant l'ambiance paisible du parc et du soleil qui flirtait avec le feuillage des arbres.

Le lendemain matin, elle croisa Georges en arrivant au bureau. Il était un nouvel élément du décor qui perturbait son environnement professionnel. Elle arbora une attitude d'expectative quant à la suite de l'enquête. Après tout, Juan, son ancien coéquipier, luttait silencieusement dans le coma, mais n'était pas mort. Une fois l'intérim assuré, Georges repartirait. En fait, elle était intimidée par ce nouveau collègue, tout comme lui l'était par elle.

Calme et mutisme pesaient sur la pièce où seule l'hélice en bois du ventilateur émettait un bourdonnement régulier. Personne ne bougeait et chacun restait campé sur ses positions, la jeune femme à son bureau, Georges près des documents classés dans la bibliothèque.

« Je vais descendre aux archives pour approfondir le type de profil du meurtrier », dit-il en s'adressant à Léa.

Elle acquiesça sans détourner la tête, absorbée par le document qu'elle parcourait. Le rapport médical de Luys, qui ne lui en apprenait guère plus que ce qu'elle savait déjà à propos du garçon.

« Je vais sûrement m'absenter moi aussi », finit-elle par articuler en direction de Georges.

Chapitre IV

Léa se frayait un chemin entre des bancs de lierre et de fougères. Elle avait maintenant quitté la ville pour la campagne, celle d'une forêt dense à l'abandon, qui l'avalait peu à peu. Elle n'en voyait pas l'issue. Certes, les sillons des quatre roues motrices balisaient la terre, mais sa vue était bouchée, obstruée par une verdure exubérante, fleurant l'humidité des sous-bois. Cela ressemblait à une jungle. Un court instant, la voiture s'immobilisa.

La jeune femme descendit inspecter les roues. Des plantes grimpantes et des herbes sauvages les enlaçaient comme si elles avaient voulu se les approprier. Elle se saisit d'un couteau de survie dissimulé dans son coffre et s'attaqua avec violence à cette nature dévorante. À moitié embourbée, elle redémarra avec peine et fut presque soulagée lorsqu'elle aperçut au loin la silhouette d'un manoir qui se détachait à contre-jour dans la pénombre du soir.

« Sans aucun doute la demeure mystérieuse de madame Laura », songea-t-elle.

Plus elle s'en approchait, plus l'aspect de la maison paraissait s'adoucir, passant du noir au gris plus rassurant de la pierre. Rien pour autant qui ne laissât présager un accueil chaleureux et hospitalier. Un grand escalier à balustres conduisait à l'entrée, jusqu'à une porte massive et cloisonnée. L'enquêtrice eut un court instant d'hésitation devant cette forteresse, mais elle était plus intriguée qu'apeurée.

Lorsque Léa appuya sur le bouton de la sonnette, son tintement aigu résonna à l'intérieur, lointain écho dans un espace vide. Elle patienta quelque temps avant de sonner à nouveau jusqu'à ce qu'une voix déformée se fasse entendre derrière la porte.

Sans comprendre ces étranges borborygmes, elle se présenta :

« Bonjour, je suis l'inspectrice de police qui enquête sur l'affaire du Coyote, le meurtrier qui a commis plusieurs crimes dans la région. Si vous lisez la presse, vous voyez certainement de quoi je parle », dit-elle tout en pensant qu'il était peu probable que cela fût le cas.

La porte s'ouvrit enfin lentement, après plusieurs cliquetis de serrures, une toute petite ouverture de porte entrebâillée dans un gigantesque encadrement.

Léa découvrit alors le visage hâlé et très ridé d'une vieille femme aux cheveux gris et courts, presque masculine. Son regard était ailleurs, et sa bouche semblait reproduire inlassablement une sorte de tic, un mâchouillage inaudible, proche du rire obsédant d'un malade mental.

Léa essaya de faire abstraction de ce sentiment d'étrangeté. Après tout, cette femme cherchait peut-être simplement à l'accueillir, mais ce rictus incontrôlable devenait en même temps un obstacle à une conversation normale. Ce qu'elle perçut de ces mots bafouillés était : « Je ne sais pas de quoi vous me parlez. »

En même temps, elle crut distinguer dans l'ombre de la porte la crosse d'un fusil pointé sur elle. Madame Laura se méfiait manifestement de cette visite impromptue.

« En fait, je voulais vous prévenir que Luys était mêlé à toute cette affaire. »

La vieille dame esquissa une expression de surprise.

Léa reprit : « Ce garçon communique peu et je voulais savoir quelle était exactement votre relation avec lui. »

Madame Laura voulut abréger la discussion : « Je n'ai rien à vous dire ! Nous n'étions plus si proches depuis qu'il nous avait quittés pour aller vivre en ville », marmonna-t-elle dans une sorte de râle.

« Madame, Luys est très mal en point, il a lui-même été grièvement blessé par cet assassin, et faire avancer l'enquête serait très important pour lui… S'il y a quoi que ce soit que vous sachiez à ce propos… »

Tout à coup, un papillon aux ailes multicolores se posa sur l'épaule de Léa. Madame Laura parut s'en étonner : « Les papillons, il les appréciait, oui, il voulait même devenir entomologiste. »

Elle parut hésiter quant à ses souvenirs…

« Il dessinait beaucoup, il peignait même… »

Léa notait brièvement dans son carnet :

« Même si la campagne était un endroit qu'il aimait, il se disait attiré par la ville… Je ne sais plus… Mon mari Yoann… il le voyait aussi. »

« Vous permettez que j'aille poser quelques questions à votre mari ? »

« Non, il s'est absenté, vous ne le verrez pas… »

Déçue par cette réponse, elle insista :

« Cela ne prendra que quelques instants. »

Elle se sentait comme happée par l'intérieur des lieux.

« Ne vous entêtez pas, Yoann est parti… »

La vieille femme referma la porte brusquement, mettant un terme à ce dialogue de sourds, dont la jeune inspectrice sortit insatisfaite et frustrée.

Léa conduisit son véhicule à l'abri des regards, caché par la végétation dense, puis alluma une cigarette.

Elle se rappelait les mots de son supérieur :

« Si vous vous sentez proche d'une piste sérieuse, ne vous affolez pas et cherchez à l'approfondir pas à pas, avec calme et sang-froid. »

Elle se retrouvait tout de même dans un environnement étrange, la forêt était immense, et personne ne l'entendrait crier s'il lui arrivait malheur.

Le manoir était tout aussi vaste. C'est ce qui en faisait la beauté. Il paraissait facile de s'y dissimuler si on parvenait à y pénétrer, pour y découvrir sans doute des pièces inoccupées depuis des dizaines d'années.

Tout cela la poussait à essayer de s'introduire dans la demeure, avec l'intuition forte d'y trouver de quoi creuser et faire progresser l'enquête.

Elle s'installa dans la voiture à proximité du château et attendit la nuit. Elle vérifia qu'elle disposait du matériel indispensable à son projet de s'aventurer à l'intérieur du manoir en escaladant la façade, à savoir : une lampe de poche, une corde solide, des crampons, un diamant à découper le verre et son arme de poing.

Elle se remit à fumer cigarette sur cigarette pour tromper sa nervosité. Les bois étaient envahis de hautes herbes et d'arbres au feuillage parsemé, mais vigoureux. Un paysage mortifère et fascinant à cause de la brume du soir qui l'enrobait peu à peu…

L'humidité et les bruits inquiétants de la forêt participaient à cette sensation de rêve éveillé, mais Léa en avait vu d'autres, malgré sa jeunesse.

Assise à l'avant de la voiture, elle tenta quelques mouvements de yoga, retrouva le calme de sa respiration, puis commença une pause de méditation, un instant de répit qu'elle affectionnait quand l'anxiété l'envahissait. En dépit de l'environnement, personne ne viendrait l'interrompre dans un endroit aussi isolé. Elle se concentra sur le chant des oiseaux nocturnes dispersés dans la forêt, ainsi que sur le murmure de la rivière en contrebas, et ferma les yeux.

Tout d'un coup, un bras ensanglanté tomba sur le pare-brise du véhicule qui se fractura légèrement sous le choc avec un bruit sec de verre brisé. Léa poussa un cri d'effroi et de colère en constatant les dégâts.

Elle ne put s'empêcher d'associer ce bras sectionné à la proximité du château, même si une harde de sangliers déchaînés ou un ours étaient capables de telles actions. Son sang se figea dans ses veines et le sentiment que le sort s'acharnait sur elle la traversa brièvement, bien que son métier l'exposât à ce genre de risques. Elle enfila des gants, s'en saisit avec dégoût, l'enveloppa dans un chiffon, puis le glissa dans une housse à indices qu'elle déposa, comme pièce à conviction potentielle, dans le coffre du véhicule.

Après avoir nettoyé laborieusement son pare-brise avec ce qui restait d'une bouteille d'eau minérale et du papier toilette qui traînait dans la boîte à gants, Léa s'enferma à nouveau dans la voiture, prise de tremblements incontrôlables. Elle paraissait ne plus maîtriser les événements. Elle mit un long moment avant de reprendre son calme et attendit la nuit noire avant de mettre son projet à exécution.

Dès que la nuit fut tombée, munie de son sac à dos et de sa lampe de poche, elle s'approcha d'un angle du manoir où les lumières étaient éteintes.

Elle ne voulait surtout alerter personne. Elle prit la corde, qu'elle lança en direction d'une fenêtre plongée dans l'obscurité, au-dessus d'elle. Lorsqu'elle sentit le grappin solidement fixé au balustre d'un petit balcon, Léa commença lentement à grimper.

Elle atteignit enfin la fenêtre, découpa un cercle dans la vitre à l'aide du diamant qu'elle retira avec un bruit mat de succion à l'aide d'une ventouse, introduisit le bras par le trou et tourna silencieusement la poignée de la fenêtre. Elle pénétra dans la demeure. Dans le noir, elle saisit sa lampe de poche et avança lentement en tâtonnant, ne voulant pas passer à côté d'un indice important sur son parcours.

Elle venait d'atterrir dans une sorte de mansarde transformée en débarras où s'amoncelaient des chaises, des tables et des commodes dont les tiroirs recelaient quelques colliers, des broches, des bagues, des bijoux et autres colifichets sans valeur. Plus loin, dans une armoire sans étagères, s'entassaient des tableaux, mais rien d'intéressant à propos de l'enquête. Le parquet grinçait à chacun de ses pas, mais au bout de quelques minutes, elle comprit que personne ne l'entendait se déplacer.

Elle sortit de la pièce avec d'infinies précautions et se retrouva dans un long couloir qui semblait conduire à un escalier. Avant d'y parvenir, elle devait passer devant une série de portes situées de façon symétrique de part et d'autre du corridor. Elle en ouvrit une au hasard et pénétra dans une sorte de salon où trônait au centre un canapé immense. Son regard fut immédiatement attiré par une série de toiles sur chevalet recouvertes d'un drap.

Sur le manteau d'une cheminée, Léa remarqua quelques cadres anciens qui contenaient des portraits de madame Laura en compagnie d'un homme, probablement Yoann. Ce qui lui parut étonnant, c'était qu'il portait des tenues d'officier de l'armée allemande. Comme beaucoup de nazis, il avait sûrement dû fuir l'Europe à la fin de la Seconde Guerre mondiale.

La vision de madame Laura plus jeune, aux cheveux beaucoup plus longs que lors de leur brève rencontre, la troubla un instant. Elle remarqua aussi des clichés de Luys avant son agression, le visage encore harmonieux. Il était la plupart du temps accompagné d'un chien aux yeux vifs et lumineux, avec lequel il paraissait très complice. Elle fit aussitôt le rapprochement avec la photo qu'elle avait ramassée par terre à l'hôpital psychiatrique. C'était sans aucun doute le même animal.

Léa récupéra les indices puis arracha les draps recouvrant les toiles qui encombraient la pièce. Les peintures immortalisaient les paysages des environs : la forêt, une rivière, un arbre, les écureuils, les sangliers, un cerf et une biche… Toutes étaient d'une précision surprenante, même lorsqu'elles se voulaient abstraites, mais sans aucun talent.

L'enquêtrice éteignit sa lampe de poche et se remit à avancer sans bruit dans le couloir. Soudain, elle entraperçut une lumière qui filtrait sous une porte jusque-là dans l'obscurité. Elle s'approcha doucement, immisça son œil dans le trou de la serrure et découvrit un spectacle fascinant.

Un homme, sans doute centenaire, mais encore alerte – ce devait être Yoann –, se tenait droit comme un I en tenue d'officier de la Wehrmacht, faisant des saluts à une foule imaginaire. Il marchait à la façon d'un automate effrayant, autour de sortes de marottes et de mannequins en caoutchouc coiffés de perruques diverses qui se dressaient sur leurs têtes aveugles.

L'homme parlait allemand d'une façon saccadée. Il s'empara brusquement d'un fusil et le pointa vers la porte. Léa, se sentant visée, amorça un recul en tremblant, mais Yoann, après quelques secondes, remit l'arme à son épaule, puis l'orienta dans une autre direction. Soulagée, elle allait bouger de là, quand retentit tout à coup un bruit métallique puissant qui se fit entendre comme en écho depuis les entrailles du manoir. Yoann se retourna, cette fois, il allait sortir. Elle eut à peine le temps de se glisser dans une encoignure. L'homme surgit brusquement, marchant d'un pas décidé vers l'escalier, et disparut.

Intriguée par ces rituels étranges, elle pénétra dans la chambre de Yoann. Outre les marottes, le lieu servait d'entrepôt à de nombreuses tenues d'officiers allemands galonnés, ainsi qu'à des médailles de soldats morts au combat. Apparemment, l'homme portait une affection toute particulière à ces distinctions militaires. Le tout baignait dans une lumière tamisée rougeâtre des plus étranges. Sur une table en fer forgé, elle tomba sur des photographies où Yoann était accompagné du même chien qu'elle venait de voir sur les clichés de Luys.

Tout près, elle découvrit une boîte décorée de dessins de cartes à jouer qu'elle mit du temps à ouvrir. Lorsqu'elle y réussit enfin, une musique proche d'une berceuse au clavecin résonna dans la pièce. Elle était tout à la fois mécanique, laconique et funèbre, faisant naître chez la jeune femme une angoisse profonde…

Dans le corridor, le noir était toujours complet, mais Léa commençait à s'habituer à l'obscurité. Elle se dirigea vers l'escalier et descendit plusieurs étages, jusqu'à se retrouver dans un endroit violemment éclairé. Une enfilade de pièces sous une lumière crue de laboratoire. Une cuisine, un salon… Tout y semblait normal, à part cet éclairage agressif.

Soudain, dans un endroit reculé, elle vit s'agiter un être indiscernable au premier regard, de l'écume aux lèvres. Il ne paraissait pas humain et ne plus pouvoir contenir sa violence. Léa ne décelait pas ce qui définissait cette bête ou plutôt ce monstre. Il y avait certainement du loup dans cette créature, du loup-garou même, puisque l'animal se tenait sur ses deux pattes. Ses larges épaules ainsi que sa pilosité très dense le rendaient terrifiant. Horrible, sordide, vraiment affreux !

Il surgit soudainement, incontrôlable. Se retrouvant nez à nez avec cet être immonde, Léa sortit son revolver et tira. Le coup de feu retentit, mais son pistolet fut propulsé au loin. Elle s'empara alors vivement d'un tuyau de métal qui gisait au sol et, s'en servant comme d'un pied-de-biche, le planta dans la jambe de la bête qui hurla. Elle s'enfuit aussitôt par un couloir adjacent en courant à perdre haleine dans les méandres du château.

Dans une nouvelle aile de la demeure, elle déboucha dans une vaste pièce qui ressemblait à ces salles de réception de bals et de soirées dansantes avec leurs lustres et leur parquet luisant. Elle y atteignit enfin une fenêtre éclairée par la lune noyée de brouillard.

La jeune femme reprit la corde et le grappin qu'elle avait toujours enroulés autour de la taille. Alors qu'elle amorçait sa descente le long du mur de pierre, une des vitres de la salle de bal vola en éclats projetant des morceaux de verre sur son visage. Elle mit ensuite plusieurs minutes à reprendre son souffle et retrouver ses repères alentour. Elle finit par distinguer l'entrée du château, où elle avait rencontré Laura, non loin de laquelle son véhicule était dissimulé. Elle démarra à toute vitesse et ne fut tout à fait rassurée qu'une fois sortie de l'immense forêt, aussi inquiétante que la demeure à laquelle celle-ci semblait intimement liée.

Le soulagement se lisait sur son visage quand elle atteignit la route goudronnée. Elle s'estima enfin hors de danger, malgré ses coupures superficielles au visage. Léa venait de vivre une des plus grandes peurs de sa vie. Elle alluma la radio pour en finir avec ce silence oppressant. Un groupe de *heavy metal*, qu'elle appréciait beaucoup, jouait un de ses morceaux fétiches, dont elle se mit à en fredonner mécaniquement les paroles.

Chapitre V

Lorsque Léa atteignit la ville, la nuit touchait à sa fin et le petit jour commençait à pointer. Tel un automate, elle arriva enfin à son domicile. En glissant machinalement la main dans sa boîte à lettres, elle ne trouva que des prospectus publicitaires sans intérêt.

Une fois dans l'appartement, la jeune femme paraissait encore touchée par sa visite au château. Elle jeta un regard sur son teint pâle, piqueté de traces de sang, et ses cheveux emmêlés. Elle était en proie à des frissons convulsifs. Elle quitta ses vêtements souillés, les enfouit dans le lave-linge de la salle de bains et fonça sous la douche.

Elle accueillit l'eau qui jaillissait comme une source bienfaitrice et régénératrice. La chaleur qui en émanait contrastait avec cette nuit ténébreuse et humide. Cela ressemblait à une véritable fontaine de jouvence. Assise sur le rebord de la baignoire, Léa repensa ensuite à ce qu'elle venait de vivre et se sentit dans la peau d'une survivante. Elle repensait aux clichés du chien. L'animal lui paraissait entretenir une relation étroite avec Luys. Les photographies qui réunissaient les deux compagnons dégageaient une aura, un rayonnement particulier.

Après sa douche, Léa resta nue. Elle alluma une cigarette et se posa sur le canapé pour réfléchir. Elle renversa la tête sur le dossier et absorba le début de sa dose de fumée et de nicotine quotidienne, mais déjà elle ne songeait plus à rien. Elle arrêta de ressasser toute cette histoire et fit le vide dans son esprit. Elle régla l'alarme de son téléphone portable pour se lever dans la matinée, puis s'effondra dans son lit, la tête lourde et les épaules douloureuses sans même penser à baisser les stores de la baie vitrée alors que le soleil amorçait sa lente montée à l'horizon.

La sonnerie du réveil résonna. Léa se réveilla la tête lourde et fatiguée comme si elle n'avait pas dormi. Envahie par les images de sa nuit au manoir, elle eut un sentiment de déjà-vu. Pas de temps pour les émotions, l'enquête est primordiale, se dit-elle. Après s'être rapidement rafraîchi le visage où les éraflures paraissaient avoir déjà disparu, elle enfila un pull et un pantalon sans prendre soin de les choisir, but un café à la va-vite, et partit pour le bureau.

Avant de monter dans sa voiture, elle remarqua qu'il n'y avait plus aucune trace de choc sur le pare-brise. Elle vérifia aussitôt dans la boîte à gants verrouillée que les indices photographiques qu'elle avait récoltés au manoir la veille s'y trouvaient toujours. Ils n'y étaient plus. Elle se précipita alors vers le coffre arrière pour y jeter un coup d'œil et contrôler que le bras ensanglanté se trouvait bien à l'intérieur. Quand elle vit que le membre sectionné avait disparu lui aussi, elle ressentit un profond malaise.

Sa voiture avait-elle été cambriolée ? Était-ce un rêve ou encore un de ces états de conscience altérée dont elle était coutumière ? Avait-elle vraiment vécu ces événements ?

En s'approchant du commissariat central, Léa reconnut Linda dans la cohorte de journalistes, à l'entrée principale de l'immeuble. Elle était en train de recommander à un groupe de collègues son dernier ouvrage qui évoquait sa vie, ses voyages et son expérience dans le métier, ce dont apparemment tout le monde se fichait.

Linda aperçut Léa et ne put s'empêcher, suivie par son cameraman, d'aller lui braquer son micro sous le nez :

« Bonjour Léa, je voulais savoir si des éléments nouveaux étaient intervenus dans l'affaire du Coyote ? »

« Nous mettons tout en œuvre afin d'avancer dans cette enquête, mais si vous cherchez des détails scabreux, ce n'est pas à moi qu'il faut vous adresser ! »

« Vous êtes pourtant chargée de cette enquête qui secoue la ville et ses citoyens… »

« Je ne suis pas en mesure de vous dévoiler quoi que ce soit actuellement ! Bonne journée. »

L'inspectrice entra dans le bâtiment et se dirigea vers le bureau de son supérieur avec l'intention d'avoir un entretien. En passant devant la salle de réunion, elle aperçut le commissaire Jordan qui discutait avec Georges :

« Ah ! Léa, précisément, nous vous attendions ! Du nouveau dans vos recherches ? »

« Certainement, mais je voudrais vous parler en tête-à-tête, si vous le permettez ? »

Le commissaire parut surpris et contrarié. Georges était aussi maintenant chargé de l'affaire, après tout.

« Oh ! Évidemment, tout cela est strictement confidentiel… » répondit-il sur un ton agacé.

Georges sortit sans un mot avec son café, quittant à regret la jeune femme et son patron.

« Bien, je vous écoute. »

Léa se mit à raconter ce qu'elle avait entrepris et vécu ces dernières quarante-huit heures, révéla son initiative envers Luys, puis ses mésaventures nocturnes au manoir, la voix souvent coupée par l'émotion.

Soudain, son supérieur devint plus grave et il parut interloqué. Il balbutia :

« … Alors, personne ne vous a informée ? Je veux dire… Vous ignorez que…

« Ignorer quoi ? »

« Madame Laura et son mari sont morts ! »

« Morts ? »

« Depuis plusieurs semaines. Ils ont péri dans l'incendie du manoir très peu de temps après l'explosion de la station-service, durant votre convalescence. J'aurais dû vous prévenir, mais… »

La jeune femme blêmit et resta plusieurs secondes sans pouvoir articuler le moindre mot. Son supérieur poursuivit :

« Léa, je sais que toute cette histoire est difficile à encaisser. L'accident de votre associé a certainement été un choc terrible et je comprends tout à fait votre trouble. Mais je crains que vous ne mélangiez réalité et fantasme. Je vous conseille à nouveau de prendre du recul après une telle commotion. Des vacances, par exemple. Éloignez-vous pour un temps de toute cette fureur, de ce chaos… Vous devriez aussi consulter un psychologue qui pourrait vous aider. Je vais vous indiquer une adresse sérieuse. C'est quelqu'un qui vous permettra peut-être de surmonter les aléas de notre métier… »

En dépit de son machisme, le commissaire Jordan avait une grande estime professionnelle pour l'inspectrice, qu'il considérait comme son meilleur élément, capable, à vingt-sept ans, de fulgurances dans la résolution d'énigmes difficiles à pénétrer, même pour des membres plus chevronnés de son équipe.

Mais pour lui, ce don, lié à une ultra-sensibilité, masquait une extrême fragilité. À dire vrai, il avait toujours eu des craintes sur le mode de vie et l'équilibre mental de sa jeune collaboratrice. Il ouvrit un tiroir de son bureau, chercha dans un dossier et tendit une carte de visite à Léa qui restait silencieuse. Elle peinait à croire les paroles qu'elle venait d'entendre.

Tout cela la laissait perplexe et sans voix. Allait-elle se résigner à accepter qu'il s'agissait d'une de ses hallucinations dues à l'anxiété et à la fatigue des derniers jours, ou à sa consommation excessive de stupéfiants qui l'aidait à combler le mal-être dont elle seule connaissait l'origine.

Enfant, elle avait assisté au viol de sa mère lors du cambriolage de leur maison. La vision de ces trois hommes masqués violentant le corps maternel avait laissé en elle une cicatrice indélébile qui affectait son rapport à la vie, sa relation aux autres et sa sexualité. Devenir flic était devenu une forme de vengeance contre l'horreur des crimes, une manière de se faire justice.

Non, elle ne révélerait pas l'épisode dramatique de son enfance au commissaire et elle n'allait sûrement pas abandonner son enquête !

Léa tourna brusquement les talons pour regagner son bureau. Elle voulait consulter Internet afin de vérifier la véracité et les détails de l'incendie tragique du manoir. Elle tomba sur un article qui expliquait les circonstances du drame. Apparemment le feu s'était propagé à cause d'un mélange d'alcool et de cigares qu'on avait laissés se consumer dans un des salons.

Les propriétaires, madame Laura et son époux, n'avaient pas survécu. Émancipé depuis peu, Luys n'était plus sous leur garde et gagnait déjà sa vie. D'après le compte-rendu des pompiers, seul un chien avait réussi à s'échapper du brasier. Le portrait des trois illustrait l'article.

L'enquêtrice reconnut l'animal qu'elle avait vu la nuit précédente sur les clichés de Luys et de Yoann. Il ressemblait à celui de la photo qu'elle avait ramassée par terre à l'hôpital psychiatrique. Même si elle était extrêmement choquée, Léa se sentit étrangement confortée : ce qu'elle avait vécu la veille serait donc une forme de téléportation, une projection dans le temps et non une hallucination !

Même si elle luttait contre ce don, de plus en plus difficile à assumer, elle savait au fond d'elle-même que les clairvoyants avaient la faculté de vivre des événements passés ou futurs.

Soudain, elle se remémora l'histoire d'un chien héroïque, qu'elle avait lue pendant sa formation à l'école de police. Il avait sauvé un jeune canoéiste de la noyade et s'était vu décerner une médaille pour sa bravoure, par le maire de la région. Elle rechercha les articles qui correspondaient à l'événement et découvrit de nouvelles photographies de l'animal au regard vif.

Le mystérieux quadrupède errait dans les environs lors de son sauvetage. Il avait ensuite été confié à un chenil proche de la rivière où avait eu lieu l'accident, puis adopté par un couple d'un certain âge. Il était retourné au chenil après l'incendie de la propriété dont il était sorti indemne. Tout semblait correspondre au chien des photos.

Alors qu'elle notait l'adresse du chenil sur son calepin, Georges frappa à la porte et entra :

« Léa, je vous apporte un café. Je ne voudrais pas instaurer de distance entre nous, mais j'ai l'impression que vous m'évitez depuis que je suis là, sans me tenir au courant des évolutions de l'enquête et… »

« Pas du tout, Georges… C'est juste que je suis absorbée par ce mystère sanglant et… Vous saviez que Luys était apparemment proche d'un chien qui a survécu à l'incendie du château où il a partagé la vie d'une certaine madame Laura et de son époux ? »

« Non, pas du tout… Vous parlez bien sûr de l'adolescent qui a échappé au meurtre du Coyote… Je peux voir ? »

Il s'approcha de l'ordinateur. Des images du chien se trouvaient encore sur l'écran.

« Il ressemble à un chien-loup. Je ne suis pas un spécialiste, mais avec toutes ces morsures sur les cadavres… je me dis qu'une relation entre lui et les corps… Enfin vous voyez… »

« Tu peux me tutoyer, répliqua Léa. Effectivement, un chien enragé est parfois dangereux. Mais je ne pense pas qu'il s'agisse de ce genre de morsures, je veux surtout vérifier s'il est encore au chenil. J'ai retrouvé l'adresse et je vais y faire un saut cet après-midi. Nous y allons tous les deux ? »

Il acquiesça de la tête malgré une sensation de malaise concernant l'animal. Léa imprima la photographie du chien et sortit avec Georges.

Chapitre VI

Dans la voiture, Léa alluma une cigarette, puis la radio.

« Vous… enfin… tu connais bien les chenils de la région ? » demanda Georges.

« Pas du tout, je n'ai jamais adopté de chien. Lorsque j'étais petite, ma mère m'offrait des poissons rouges. Et puis j'ai vécu quelque temps avec un chat. Je le trouvais plus beau et plus mystérieux que les chiens. Par contre, leur affection est moins manifeste, ils sont très indépendants… Et toi ? »

« Non. J'étais fils unique et solitaire pendant toute mon enfance. Ensuite, s'occuper d'un animal requiert une attention particulière que je ne me sens pas prêt à offrir. Je vois cela à la façon d'un sacrifice personnel. À choisir, je préfère la compagnie des humains. »

La jeune femme, cigarette à la bouche, acquiesça machinalement, en changeant de vitesse.

Georges continua : « J'ai vécu avec une copine et nous étions très attachés l'un à l'autre, mais ça a fini par casser. À présent, je suis à nouveau seul. »

Léa éluda les propos personnels et revint à l'enquête :

« Je ne suis pas de cet avis. Je me dis que parfois, un humain tisse et élabore des relations plus fortes avec un animal qu'avec un de ses semblables, un autre être de son espèce. Et c'est précisément ce que je veux vérifier entre ce chien et Luys… Mais peut-être que je me trompe. »

La voiture filait à toute allure sur la route principale. Ils arrivèrent dans une résidence fermée, proche d'un lac, une grille entourant le chenil. Léa appuya sur le bouton de l'interphone :

« Oui, bonjour monsieur, nous sommes de la police et notre enquête nous oblige à vérifier les profils de vos chiens, merci de nous recevoir. »

La grille s'ouvrit, puis Léa et Georges traversèrent un chemin pavé de pierres irrégulières, avant d'arriver au poste du gardien, où un réceptionniste les dirigea vers les enclos. Un jeune homme à lunettes aux verres épais, le visage souriant, vint à leur rencontre :

« Bonjour, je suis Joseph, je m'occupe du chenil, voulez-vous visiter nos installations ? »

Léa l'interrompit : « Nous sommes du bureau des affaires criminelles. Nous sommes à la recherche d'un chien qui ressemble à celui-ci. »

Elle sortit de son sac à main la photographie imprimée du chien recherché. Joseph fixa l'image quelques instants de son regard de myope, puis s'exclama :

« Oui, je vois… C'est Gore ! Il est fantastique… C'est un chien-loup tout à fait extraordinaire. Il sait, par exemple, faire tenir en équilibre une balle sur son museau. Vous avez de la chance, le Grand Cirque du Monde ambulant voulait le récupérer pour ses tours, mais il s'est cassé la patte lors d'un entraînement et finalement, il n'a pas été sélectionné. Il est étonnant. D'ailleurs, je ne l'ai pas installé avec les autres. Il est dans un enclos à part, réservé à lui seul. Vous savez, dans notre établissement, les chiens sont choyés et très aimés ! »

Ils prirent tous les trois la direction des enclos et en traversèrent plusieurs d'où leur parvenaient de nombreux aboiements. Après plusieurs rangées grillagées, ils débouchèrent sur l'espace de Gore. C'était un chien élancé, presque longiligne, au pelage épais. Dans ses yeux verts, d'une grande beauté, transparaissaient une intelligence et une vigueur hors du commun.

Cette apparence frappa Léa et son partenaire qui restèrent un moment à contempler l'animal. Léa dévoila à Joseph la véritable raison de leur visite :

« Je veux remettre ce chien en présence de son ancien compagnon, un adolescent, Luys, qui a pratiquement perdu la mémoire à la suite d'un grave traumatisme… »

« Je vois… fit Joseph de façon évasive. Vous ne voulez donc pas l'adopter. En fait, nous sommes vraiment débordés par le nombre actuel de bêtes, et toute adoption est la bienvenue… »

« Non ! répondit Léa d'un ton ferme. Nous sommes simplement ici dans le cadre de notre enquête. Mais si vous nous confiez Gore, je suis prête à financer cette initiative. »

« Ce ne sera pas nécessaire, dit Georges. Vous le récupérerez dans les jours qui viennent, je suppose ? »

« Exactement. Merci de votre compréhension », fit Léa.

Joseph inclina la tête.

Léa était satisfaite de quitter le chenil avec cette réponse positive.

Elle déposa Georges au bureau, puis s'accorda quelques instants de temps libre au milieu de cette investigation, aussi captivante qu'éprouvante.

Elle s'assit à une terrasse de café et se mit à observer le paysage urbain qui l'entourait. Elle trouvait l'esprit de la ville éternel, tandis que ses passants étaient de simples passagers, dont le trajet allait de la vie à la mort. Elle le voyait dans l'expression mélancolique de nombreux visages. Les vendeurs de glaces, les camelots, les fleuristes ambulants se pressaient dans les rues et les allées du quartier. Tous ces corps s'orientaient inexorablement vers l'éphémère de l'existence, mais la cité et sa foule multicolore et cacophonique, pleines de bruit, paraissaient en même temps immortelles, immuables, intangibles.

Léa alluma à nouveau une cigarette et inspira avec délectation les arômes du tabac : « J'examine toute cette vie qui grouille, et pourtant mon métier ne m'amène qu'à côtoyer les morts », pensa-t-elle, sa tasse de café en porcelaine au bord des lèvres. « Je vois dans ces comportements un processus carcéral et rituel, qui ne s'arrêtera pas... »

Un profond sentiment de solitude l'étreignit. Toute cette animation cachait aussi un grand vide, le mécanisme vain de certains gestes du quotidien. La jeune femme percevait en elle cette sensation de vacuité du monde.

Elle ressentait une insuffisance inhérente à l'être humain, que ne parvient pas à combler ce creux au fond du ventre, ce trou dans le corps, face aux méandres de la vie. L'esprit de Léa vomissait alors des morceaux obscurs...

Elle appréciait pourtant cet après-midi d'été et la limpidité de l'air, tout ce monde organique constituait une constante dans l'ambiance urbaine immuable de pierre, de béton.

Puis son travail l'accapara à nouveau. La révélation sur le manoir disparu l'avait profondément troublée. Le commissaire Jordan devait certainement la croire victime d'hallucinations. Elle se souvenait pourtant très précisément de son enquête dans ces lieux étranges, de son émotion à l'approche de Yoann ou de cette bête immonde. L'immense forêt cachait un endroit très mystérieux qui fascinait encore l'enquêtrice. À tel point que l'idée d'y retourner l'effleura. D'un autre côté, son supérieur disait vrai. Les articles de presse sur le web lui donnaient raison. Comment avait-elle pu se retrouver sur un lieu disparu et y rencontrer des personnages qui avaient vraiment existé, puisqu'elle les avait reconnus sur les photos publiées par les journaux ?

De retour chez elle, Léa rumina cette histoire pendant un bon moment. Et si tout ça n'était que le fruit de sa propre folie ? Le commissaire se voulait rassurant et persuasif, mais Léa était inquiète et n'avait plus tellement confiance. Si la rumeur de son comportement se répandait, sa réputation et son statut professionnel seraient remis en cause et elle perdrait son emploi !

Chapitre VII

Léa s'arrêta net de ressasser ses pensées funèbres lorsqu'on frappa à la porte d'entrée du studio. Par le judas, elle ne distinguait qu'une ombre dans le couloir.

« Qui est-ce ? » demanda-t-elle, nerveuse.

« C'est Rebecca, la voisine. Mon sèche-cheveux est cassé. Puis-je vous emprunter le vôtre ? »

La jeune femme retrouva une respiration normale et ouvrit la porte. C'était effectivement Rebecca, qui s'empara du séchoir puis s'en alla en la remerciant. Malgré son anxiété, Léa se rendit compte à quel point elle demeurait en alerte constante et combien ses sens demeuraient aiguisés.

Un bruit inconnu lui parvint du balcon. Elle saisit son pistolet et s'approcha de la baie vitrée. Le soleil qui se réfléchissait dans la vitre l'éblouissait. Elle fit coulisser brusquement le battant de la fenêtre et se retrouva en train de braquer un jeune aigle aux ailes repliées. Une étrangeté possible uniquement dans un pays aussi exotique ! La jeune femme poussa un soupir de soulagement en s'apercevant que le rapace restait tranquillement posé sur la rambarde du balcon. Il avait dû détecter la présence d'un rongeur qui traînait dans le coin. Elle finit par admirer l'étonnante apparition tout en portant une cigarette à sa bouche :

« Tu ne voulais pas me faire de mal toi au moins ! » s'exclama-t-elle, alors que l'aigle prenait son envol.

Des hélicoptères de la police volaient à basse altitude dans le ciel serein avec un bruit assourdissant, mais Léa préféra ignorer la raison inquiétante de leur présence. Ce qui importait, c'était la générosité du soleil en cette fin d'après-midi. Elle s'assit sur une chaise longue réservée aux belles journées d'été et s'autorisa un moment de répit. À nouveau ne plus penser aux vicissitudes du métier. Son visage se détendit.

Le ciel dégagé et la chaleur lourde accentuaient une effervescence dans le quartier due à un intermède musical. Il s'agissait d'une parade où un véhicule déplaçait d'un mouvement lent une scène sur laquelle s'exhibaient des corps musclés à moitié nus, le tout sur un son entêtant qui émanait d'enceintes gigantesques.

Un individu grimé portait un haut-parleur autour du cou. À chaque fois qu'il l'utilisait, il émettait des borborygmes qui parvenaient assourdis jusqu'aux oreilles de la jeune femme. Des confettis, beaucoup de couleurs et des déambulations en tout genre emplissaient le boulevard et les rues adjacentes. C'était une sorte de fête improvisée qui étonna Léa par ses explosions sonores et visuelles. La chaleur de ce début d'été distillait une odeur de soufre aux narines comme aux âmes sensibles.

De retour dans le living, Léa alluma sa énième cigarette de la journée et tenta de se plonger dans le dossier, mais elle avait du mal à se concentrer. Elle cernait maintenant le profil de Luys, et y associait désormais la présence de ce chien étonnant qu'était Gore.

Il s'agissait de remettre en présence les deux compagnons, pour voir comment se passeraient leurs retrouvailles, l'idée étant de ne pas prévenir le garçon. Ainsi, selon ses plans, le chien devait déboucher des couloirs de l'asile au jardin, sans que l'adolescent ne connaisse l'origine de sa venue.

Elle sortit une bouteille de whisky de son réfrigérateur. Elle s'en servit une bonne rasade, y rajouta de la crème chantilly et quelques glaçons, puis avala le tout cul sec. Très vite, sa tête commença à tourner, quand soudain elle se remémora la présence de Georges, sa carrure impressionnante et ses larges épaules. Un court instant, elle s'imagina qu'il l'enlaçait avec ses grands bras, afin de la protéger et de lui faire oublier les inconstances de la vie, ce monde violent et contradictoire…

L'enjeu de l'enquête comblait momentanément ce vide, mais l'affection d'un autre être humain lui apparaissait comme une nécessité, un besoin absolu pour l'aider à surmonter ce sentiment d'anxiété généralisée.

Elle tournoyait maintenant dans son salon, la bouteille à la main, et se mit à exécuter quelques pas de danse qui ressemblaient à ceux des danses traditionnelles indiennes. Léa ne se maîtrisait plus et de sa gorge sortit un petit rire étouffé. Enhardie par l'alcool, elle s'avoua : « Qu'ils aillent tous se faire foutre… ces journalistes, ces collègues, ces voisins ! »

Elle ne cherchait même plus à allumer la télévision ou son ordinateur. Ce qu'elle voulait vraiment, c'était faire abstraction du sérieux de sa profession et se laisser aller au tourbillon de l'amour, enlacer un autre être, une étreinte sensuelle et charnelle.

À présent le soir tombait, et malgré la multitude des lumières qui émanaient de la ville, l'esprit de Léa, embué par l'ivresse, s'obscurcissait de plus en plus. Elle ne voyait personne vers qui se tourner afin de se confier, trouver une consolation. À moitié ivre, elle resta de longues minutes allongée sur son canapé, à la façon d'une parenthèse. Elle repensa au viol de sa mère et ressentit une profonde solitude. Depuis, l'acte sexuel lui faisait presque peur. Dans ce désert affectif, il ne lui restait plus que le plaisir solitaire…

La vie continuait de toute façon. Les lumières de son salon ressemblaient à une capsule lumineuse perdue dans la nuit.

Chapitre VIII

L'alarme de son réveil retentit à nouveau en cette matinée ensoleillée. Les rayons du soleil venaient lécher le bord du lit. Après un café rapide, la tête un peu lourde, Léa se dirigea à pied vers le commissariat, devenu plus que jamais la cible des journalistes. Elle se faufila vers l'entrée située derrière le bâtiment. C'était devenu un rituel pour accéder au bureau. Cette fois-ci, le plan de la journée semblait clair : aller chercher le chien au chenil, puis se diriger vers l'hôpital psychiatrique.

Elle alla retrouver Georges et ils regagnèrent ensemble son véhicule. Au chenil, le chien aux yeux verts paraissait les attendre, immobile et silencieux. Ils embarquèrent donc Gore dans leur voiture. Le chien intimidé resta à l'arrière sans se manifester tout au long du voyage. Georges lui souriait continuellement en lui parlant, afin de le rassurer.

Ils arrivèrent à l'hôpital vers l'heure du déjeuner, afin de ne pas rater la sortie de Luys dans le jardin. Ils le trouvèrent effectivement dans l'espace vert. L'adolescent défiguré humait quelques fleurs cueillies dans les massifs. Léa s'assit à proximité de Luys, tandis que Georges attendait à l'écart avec le chien, prévoyant de conduire Gore dans le jardin à l'instant propice. La jeune femme lui adressa un texto discret, afin de signaler le bon moment.

Le chien s'élança alors dans le petit parc. À sa vue, Luys sentit sans doute ressurgir en lui des sentiments enfouis depuis des années, ce fut d'abord la surprise, puis la joie et l'allégresse. Il prononça même le nom du chien avec ce qui lui restait de bouche, lorsque l'animal s'approcha vers lui en courant : « Gore ! »

Les deux complices s'étreignirent durant quelques secondes, l'émotion était palpable. Les deux autres paroles que Léa, attentive au moindre signe, distingua précisément sortir de la bouche de Luys lui parurent étranges :

« Botticelli ! Jéricho ! »

Il était évident que le sens de ces deux mots échappait à la compréhension de la jeune femme. De plus, Léa était l'unique témoin de la scène, Georges étant resté en retrait. Personne ne pourrait donc confirmer ce témoignage. Ces paroles furent les ultimes sons émis par l'adolescent cet après-midi-là. Il resta un certain temps avec le chien. Il le caressait, le câlinait et parfois il lui lançait une balle que l'animal attrapait au vol et lui rapportait. La jeune femme commença alors à méditer, à réfléchir à la signification des mots étranges prononcés par Luys sans en comprendre la relation. Dans l'esprit de l'enquêtrice, Botticelli était un peintre italien né au XVe siècle, et Jéricho correspondait à une ville de Cisjordanie citée dans la Bible. Voilà tout ce dont elle se souvenait, c'était déjà un début.

En fin d'après-midi, Georges vint récupérer le chien. Devant l'expression ou plutôt les râles de chagrin manifestés par Luys, le coéquipier de Léa chercha à le réconforter. Il lui expliqua que Gore reviendrait, que cette séparation n'était que temporaire. Léa percevait l'attachement que l'adolescent éprouvait pour l'animal.

Lorsqu'elle revint au chenil, elle parla de cette relation à Joseph qui conclut : « Finalement, ce chien vous intéresse. Il est très spécial, je sais. Je suis prêt à vous faire un prix. »

Devant le montant prohibitif énoncé par le maître du chenil, Léa esquissa une expression de surprise et de réprobation. Elle finit par dire :

« Nous allons réfléchir. »

Tout près d'elle, Georges paraissait beaucoup plus conciliant :

« À bientôt ! » s'exclama-t-il, avant de partir.

Dans la voiture, les deux coéquipiers confrontèrent leurs avis sur le tarif. La jeune femme s'écria :

« C'est scandaleux ! Avec une somme pareille, j'achète le chenil tout entier. »

Georges répliqua :

« Les chiens de cette race sont particulièrement onéreux. Mon oncle a acheté un chien de ce pedigree pour le double de ce prix. »

Elle reprit :

« De toute façon, Gore est un élément important de l'enquête et, dans ce cas, c'est l'administration qui prend en charge ce type de dépense, mais cela va être compliqué de leur expliquer ce prix exorbitant… »

Georges tenta de la rassurer :

« Je suis moi-même prêt à mettre la main à la poche. Ce chien me plaît et je suis disposé à l'adopter en y mettant le prix… »

La jeune femme lui exprima sa gratitude avec réserve :

« Merci Georges, mais ce ne sera pas nécessaire. Je te répète que c'est le bureau des affaires criminelles qui financera. »

Elle revint sur les mots énigmatiques de Luys. Georges n'entrevoyait guère d'autres interprétations que celles de l'enquêtrice :

« Jéricho est une ville du Proche-Orient, près de l'endroit où Dieu s'est révélé à Moïse, on y trouve aussi des traces d'un passage du Christ… Quant à Botticelli, je ne suis pas un spécialiste, un expert de la peinture de cette époque, qui paraît proche de la Renaissance. Mais des conservateurs de musée ou des professeurs d'université seront sûrement plus à même de vous en parler. »

Léa se souvint alors des études de littérature comparée qu'elle avait entamées à la faculté avant de s'orienter vers l'École supérieure de la Police. Il existait bien évidemment des érudits, spécialistes en histoire de l'art, il suffisait de se renseigner et de trouver la bonne personne.

Alors qu'ils roulaient tranquillement sur une petite route longeant une rivière, Georges entendit des cris qui émanaient de l'amont du cours d'eau. Il se retourna un bref instant, et aperçut la tête immergée d'un individu qui se débattait, entraîné par le courant. Il paraissait à bout de forces. Georges hurla : « Arrête-toi ! »

Léa freina brutalement. « Regarde à l'arrière, tu trouveras ce qu'il faut », dit-elle à Georges. Celui-ci sortit brusquement de la voiture et se rua jusqu'au coffre, d'où il récupéra une corde et s'approcha en toute hâte du malheureux sur le point être emporté par les flots. Il lança la corde vigoureusement vers l'homme qui arrivait à sa hauteur. Celui-ci parvint à la saisir, alors que Georges s'enfonçait dans la rivière, l'eau lui arrivant déjà à mi-cuisses. Il sentait la corde se raidir sous le poids de l'homme qui s'accrochait.

Il tira de toutes ses forces, mais le corps pris dans le courant risquait de l'emporter à son tour. Il lutta pendant quelques minutes, en tentant de regagner la rive. Léa l'avait rejoint et, à eux deux, ils réussirent à repêcher l'individu, le sauvant d'une mort certaine.

L'homme était d'une grande maigreur, son visage osseux et sec comme la peau d'un buffle étiré au soleil, les cheveux blancs et longs. Mais ce qui interpella les deux coéquipiers, c'était une vilaine cicatrice au bras manifestement provoquée par l'impact d'une balle de pistolet. L'individu paraissait hagard, sonné, il balbutia : « Je… je n'ai tué personne… »

« Certainement ! » répondit Léa, qui le couvrit d'une couverture de survie et l'installa à l'arrière de la voiture. L'étrangeté manifeste de cet homme incita les enquêteurs à le ramener au service sanitaire du commissariat, où ils le laissèrent entre de bonnes mains, se promettant d'en savoir plus dès que possible à son sujet.

Léa raccompagna ensuite Georges à son domicile. En arrivant devant l'entrée de l'immeuble, Georges la remercia en l'embrassant sur les deux joues. Surprise, l'enquêtrice rougit, mais lui retourna sa gratitude :

« Merci pour le chien », murmura-t-elle.

Elle s'éloigna dans la nuit qui s'étendait peu à peu sur la ville.

Chapitre IX

De retour au studio, elle alluma une cigarette et se prépara le même cocktail que le soir précédent : whisky, crème chantilly et glaçons. Elle y ajouta aussi une goutte de bourbon et avala cul sec.

Elle se décida ensuite à aller courir autour du jardin de son quartier. Elle enfila une tenue de sport, qui accentuait encore son aspect androgyne.

Sa course tonique, mêlée à une légère ivresse, provoquait dans son esprit une sensation de vertige et d'euphorie. Elle ambitionnait une régularité dans la cadence de ses jambes sur le sol. Elle croisa des groupes d'étrangers qui se promenaient, des coureurs, des clochards allongés sur le trottoir. Tout allait très vite et l'assoupissement apparent de la ville la nuit anesthésiait son métabolisme. Elle ne sentait plus ni douleur ni plaisir, toutes ces notions étaient vaines. Malgré tout, la présence de ces gens croisés sur son chemin l'incommodait. Elle rêvait d'un parcours où elle serait seule, et où jamais personne ne viendrait à sa rencontre.

En vérité, elle se sentait isolée, et cette solitude se voulait sans entraves. De vagues sentiments de misanthropie la pénétraient, dont la colère et l'agressivité n'étaient pas absentes. Elle courait aussi afin d'accroître ses capacités physiques et se sentir plus athlétique et vigoureuse. Elle ne voulait pas perdre cette endurance et cette force importante dans son métier, où l'aspect et la forme n'étaient pas négligeables. Elle entretenait ainsi une dynamique bénéfique pour son corps et son esprit. Mais personne n'était à même de comprendre son isolement intérieur. La pulsation de son cœur et le rythme rapide de ses pieds attisaient curieusement sa subjectivité vis-à-vis d'autrui. D'où cette impression que tous ceux qu'elle croisait se moquaient d'elle dans la pénombre.

Après cet effort intense, Léa s'assit sur un banc et reprit son souffle. Cette fois, elle vivait et reprenait le même rythme que tous ces habitants qui marchent, mais ne courent pas. Et ce qui paraissait incompréhensible dans sa course devenait tout d'un coup évident. Ces individus n'étaient plus des intrus dans le décor idéal qu'elle avait imaginé lorsqu'elle courait. Ils se fondaient à nouveau dans le paysage, comme elle.

Après une telle débauche d'énergie, de retour chez elle, elle s'affala sur son canapé. Elle reprit quelques gorgées d'alcool se remémorant l'incident étrange qu'elle venait de vivre et dont elle pensait qu'il n'avait aucun rapport avec l'enquête. L'homme sauvé par Georges dans l'après-midi.

Elle retint de cette aventure le courage exceptionnel de son coéquipier, un bon point pour lui.

Léa savoura d'autant plus d'être en liberté, et relativisa sa condition dérisoire : pourquoi avoir peur ? Tout ce qu'elle habitait de mètres carrés se trouvait à portée de vue, dans la lumière de l'abat-jour du salon. Même les toilettes et la salle de bains, lorsque la porte qui y menait était ouverte.

Il restait toutefois la grande armoire noire près du lit, dans laquelle un criminel pourrait se dissimuler. Léa fixa du regard pendant un certain temps ce meuble sombre à même d'abriter un mystère et, petit à petit, l'angoisse s'insinua à nouveau en elle, au point qu'elle finit par se lever, alla prendre son pistolet et s'approcha du meuble en question. Elle l'ouvrit brusquement, en inspecta tous les recoins où se cacher était facile. Elle conclut que personne ne s'y trouvait, sauf elle-même, évidemment.

Elle se retourna vers le grand miroir et se contempla quelques instants. Sa jeunesse était évidente. Elle se sentait capable de plaire, de séduire des hommes. Son nouvel associé Georges venait de faire preuve de bravoure aujourd'hui. Elle se demanda un court instant si une femme dans son genre pouvait l'attirer. Malgré ses grosses joues et ses vêtements parfois démodés, il n'était pas si repoussant. Et aujourd'hui, il l'avait embrassée.

Léa sortit quelques instants sur le balcon, la douceur de la température, associée au noir du ciel, suggérait une ambiance estivale et festive. Elle se sentait à l'aise dans ce paysage, à un âge où les promesses de lendemains qui chantent sont encore intactes. Une cigarette à la bouche, une légère brise effleurant sa nuque, elle réfléchissait à la façon d'un vieux sage, tout en tirant sur son morceau de papier enfumé.

Chapitre X

Léa consacra la journée suivante à l'étude méticuleuse des deux mots prononcés par Luys. Elle restait concentrée. Penchée sur son bureau, elle examinait des journaux où la ville de Jéricho était mentionnée, des informations sans utilité notable pour l'affaire, quand Georges fit irruption et s'adressa à elle sans préambule :

« Je viens de trouver l'horaire d'une conférence sur la peinture de la Renaissance italienne. Elle a lieu à l'Institut des Arts du monde. Je me suis dit que cela valait le coup d'y assister, non ? »

« Excellent, Georges ! Il ne faut la manquer sous aucun prétexte. »

Une véritable aubaine aux yeux de Léa pour en savoir plus sur Botticelli et sa peinture.

« Et sur Jéricho, tu as trouvé quelque chose ? » demanda Georges.

« Non, pas de renseignements particuliers sur les villes du Proche-Orient. Je recherche sur Internet les occurrences du mot dans des articles de presse. Par exemple, Jéricho a été récemment le théâtre d'un rassemblement organisé par l'ONU, dans l'intention de faire le point sur le développement des sociétés humaines. Mais rien qui puisse concerner de près ou de loin notre affaire, voire une affaire similaire dans cette région du globe… La conférence sur les peintres italiens de la Renaissance me semble une piste plus intéressante. »

Georges se sentit gratifié par ces paroles. Il esquissa un sourire et lui proposa un café. Ils sirotèrent avec plaisir leur breuvage tout en discutant de l'enquête. Léa lui fit cette confidence :

« Depuis l'explosion de la station-service, je me dis que le meurtrier me cherche, qu'il veut se débarrasser de moi. Je ressens une impression de paranoïa et d'anxiété m'envahir, comme si ce criminel rôdait près de là où je me trouve… »

Georges essaya de la rassurer :

« Nos perceptions sont parfois trompeuses. L'incident de la station-service n'impliquait pas que toi, il y avait aussi Juan, ton coéquipier, et le pompiste. Si c'est le cas, tu n'es pas la seule à être visée… »

« Je n'ai pas l'intention de demander une protection supplémentaire, mais un sentiment de danger imminent me traverse de plus en plus souvent ces derniers temps. »

« Peut-être devrais-tu prendre du recul, t'éloigner un moment ? » suggéra Georges.

« C'est ce que me propose le commissaire Jordan, mais je ne veux pas abandonner », répliqua Léa.

« Il a sûrement raison, déclara son partenaire. Tu es investie dans cette enquête sordide depuis si longtemps… Tes nerfs et ton cœur sont mis à rude épreuve. Quoi que tu décides, tu peux compter sur mon soutien. »

La jeune femme esquissa un léger sourire las :

« Merci, Georges ! »

À l'Institut des Arts du monde, les deux coéquipiers traversèrent de grandes portes battantes et de longs couloirs, avant d'aboutir à une vaste salle de conférences, à moitié vide. Ils étaient manifestement en avance et s'assirent au milieu de l'assemblée éparse. Ils patientèrent une vingtaine de minutes, jusqu'à ce que le professeur Mattei, un homme grand, aux cheveux blancs et dégarnis, qui portait des lunettes vitreuses, s'avance vers la scène, s'empare d'un micro et présente ses travaux à un public averti, maintenant plus nombreux :

« Bonjour, ce n'est plus Art contemporain et la Psychanalyse qui est l'objet de notre propos aujourd'hui, mais les peintres italiens de la Renaissance... Voilà un vaste sujet, un thème ample et passionnant. Je vais me concentrer sur les principaux : Titien, Michel-Ange, Uccello, Léonard de Vinci, Raphaël, Botticelli ou encore Piero della Francesca. Commençons par Titien, de son vrai nom Tiziano Vecellio, un peintre vénitien... »

Les deux partenaires n'étaient pas venus pour en savoir plus sur ces artistes, seul le nom de Botticelli était la raison de leur présence. Ils furent pourtant contraints d'écouter patiemment le savant exposé, avant que le nom du peintre florentin ne soit enfin prononcé. Léa dut donner un léger coup de coude à Georges qui commençait à s'assoupir. Le professeur de l'université continua :

« Je vais vous parler maintenant de Sandro Botticelli et plus précisément de sa relation à l'adolescence. L'adolescence est le théâtre d'une sensation de distorsion et de dysharmonie en rapport avec le deuil de l'enfance, elle constitue le lieu symbolique et réel de la métamorphose. J'insisterai d'abord sur l'idéal adolescent de pureté dans la peinture de Botticelli. Par exemple, la Vénus de Botticelli ne voit rien de ce qui l'entoure, c'est ce qui fait la beauté du tableau. L'adolescent est émouvant d'ignorer qu'on le regarde. Les figures d'adolescents à la grâce androgyne sont omniprésentes dans la peinture de Botticelli. Mais cette image de pureté angélique s'oppose à un autre aspect fondamental de l'expression de l'adolescence, l'excès.

Nous constatons ou expérimentons parfois dans l'adolescence le goût de la violence et de la vitesse, de la toxicomanie, et plus généralement de l'extrême. Ou encore de choix musicaux rebelles, parfois agressifs, avec cette rage de détruire les certitudes imposées par les adultes.

Dans la peinture de Botticelli, il y a une représentation picturale de ces paradigmes, illustrés par des disproportions, à la limite entre idéal et difformité. L'allongement du cou ou encore le buste trop étiré, presque proches des portraits futurs que l'on retrouve dans la peinture moderne. Le temps, à cet âge, est à la fois immense et incertain, prompt à se noyer parfois dans la fête de façon morbide, une sorte de carnaval maniaque afin de dénier l'angoisse, provoquée par le deuil de l'enfance irrémédiablement révolue.

Ainsi, l'adolescence peut apparaître comme une résurgence des jeux de l'enfance, pour éviter de grandir.

L'univers stable de l'enfance contre la violence du monde adulte est illustré sans doute dans la peinture de Botticelli par un foisonnement végétal qui isole et protège à la fois l'adolescent des vicissitudes du monde extérieur.

Le déséquilibre adolescent conduit parfois au suicide, afin de ne pas vieillir, comme les figures idéales, angéliques et presque désincarnées peintes par Botticelli. C'est ce que nous constatons parfois chez les anorexiques et les jeunes drogués, l'adolescent doit découvrir aux dépens de son enfance qu'il doit muer pour se maintenir en vie, et certains n'y parviennent jamais. C'est toute la profondeur du mythe de l'adolescence et de la vie éternelle... »

Léa trouvait toutes ces explications très convaincantes. L'exposé dura encore une vingtaine de minutes. À la fin, le professeur Mattei fut longuement applaudi par son auditoire. Il salua rapidement le public et s'éclipsa subitement de la salle de conférences. Cette sortie soudaine étonna les deux enquêteurs qui se lancèrent à sa poursuite dans les couloirs de l'institut, espérant une conversation privée. Mais l'universitaire accéléra le pas lorsqu'il comprit qu'il était suivi. Dans le parking, il se pressa de rejoindre sa voiture et démarra en trombe.

Léa eut le temps d'apercevoir une longue corde enroulée sur la plage arrière. Elle ne put s'empêcher d'établir un lien entre cet objet et les traces de lacérations retrouvées sur les corps des victimes. Elle sauta aussitôt dans son véhicule, garé tout près, Georges à ses côtés. Une course poursuite s'engagea.

La voiture du professeur prenait de la vitesse et slalomait sur le boulevard. Léa et son partenaire continuaient à suivre le fuyard malgré le trafic de plus en plus dense. Ils faillirent écraser un ou deux piétons au passage.

La nuit était déjà tombée, lorsqu'ils le rattrapèrent finalement près d'un parc, le percutant à l'arrière afin qu'il se rabatte et s'arrête. Le professeur ralentit, mais ne put empêcher son véhicule de finir sa course contre le tronc d'un arbre. Georges et Léa s'approchèrent aussitôt du véhicule fumant. Sonné par le choc, le conducteur balbutiait : « Ne tirez pas ! Ne tirez pas ! »

Ébloui par les lampes torches des enquêteurs, il paraissait ne pas comprendre ce qui lui arrivait.

« Pourquoi vous êtes-vous enfui ? » lui demanda Georges d'un ton ferme.

« Moi ? Mais je ne me suis pas enfui, c'est vous qui me poursuiviez ! » répondit-il, se gardant bien de parler des verres qu'il s'était octroyés plusieurs heures auparavant, pour se donner du courage en public.

Léa reprit :

« Nous voulions simplement vous parler de votre conférence. »

Il riposta nerveusement :

« Je ne voulais pas être suivi… »

Puis il balbutia encore :

« Je voulais me suicider… me pendre après cette dernière conférence. Je venais d'être remercié par l'université à cause de mon âge… »

« D'où la présence de la corde à l'arrière de la voiture », en conclut Léa.

Il acquiesça. Peut-être avait-il vraiment prévu de se supprimer, pensa-t-elle. Après tout, des personnalités *borderline* pouvaient aussi se rencontrer dans les milieux intellectuels de haut niveau.

L'universitaire paraissait souffrir de légères contusions. Georges et Léa étaient partagés entre l'arrestation de cet homme étrange pour conduite en état d'ivresse et excès de vitesse, et l'intérêt qu'ils lui portaient, en tant qu'élément essentiel de l'enquête.

Ils l'installèrent à l'arrière de leur véhicule et reprirent le chemin du commissariat, malgré ses protestations : « Je vous dis que je suis innocent, c'est vous qui me poursuiviez sans raison ! »

Léa chercha à le rassurer :

« Nous ne sommes pas là pour vous accuser, nous voulons simplement vous poser quelques questions à propos de votre conférence sur Botticelli. Nous enquêtons sur des crimes en série de jeunes gens, commis par un criminel dénommé le Coyote, et il se trouve qu'un adolescent, qui lui a miraculeusement échappé, a prononcé le nom de Botticelli dans un moment de grande émotion, qui pourrait faire croire… »

Le professeur Mattei reprit ses esprits :

« Le Coyote ? Oui… je vois de quoi vous voulez parler. Vous pensez qu'un lien existe entre ces meurtres et Botticelli, comme si le tueur était un admirateur de ses peintures, par exemple… »

« Exact, répondit Léa, nous pensons que vous pouvez peut-être nous éclairer sur certains aspects du dossier. »

Elle poursuivit :

« Les victimes du meurtrier sont pubères, portent les cheveux mi-longs… Ce sont toujours des adolescentes, à l'aspect androgyne, comme celles que vous décriviez dans les peintures et dessins de Botticelli… Nous avons aussi trouvé des traces de drogue au cours de l'autopsie des corps… »

« Je vois, dit l'universitaire, comme si le criminel ressentait une exigence pressante de pureté adolescente, qui peut devenir meurtrière. Comme s'il voulait figer leur corps à tout jamais dans cet entre-deux de la vie, et arrêter ainsi leur cycle biologique, mettre fin à cette transformation, cette mutation définitive qui est le propre de cet âge. Cette période de la vie peut être parfois très mal vécue et… »

Léa prenait des notes en écoutant attentivement le professeur qui expliquait encore :

« Ce ne sont que des hypothèses, mais l'adolescence est une étape intermédiaire entre l'enfance et l'âge adulte. Je ne serais pas étonné que ce criminel s'intéresse à l'enfance. L'adolescence est aussi le lieu de la métamorphose, à la façon des insectes sortant de leur chrysalide. Les papillons, les scarabées, les libellules ou les cigales… Il y a aussi la métamorphose due au rituel du premier acte sexuel…

« Ainsi ces actions mortifères, ces viols cachent parfois un fantasme incestueux inexprimé. Je vois parfois des hommes qui sont inconscients de leur propre inconscience. »

Léa s'exclama :

« Nous avons découvert le tatouage d'un insecte sur le corps de toutes les victimes ! »

« Cela ne me surprendrait pas que le tueur se passionne lui-même pour les insectes, déclara l'universitaire. Si j'étais à votre place, j'approfondirais les pistes autour de l'enfance et des insectes. »

Léa avait écouté avec une grande attention les hypothèses et les suggestions du professeur. Elle le remercia pour cet entretien. Il fut malgré tout conduit à l'antenne psychiatrique de la police pour une expertise mentale, les enquêteurs estimant que l'homme paraissait pour le moins fragile et énigmatique…

« Tu lui fais confiance ? » demanda Georges.

« C'est un spécialiste dans son domaine… Même s'il pourrait être aussi un suspect idéal… Il a presque décrit un possible *modus operandi* des crimes », répondit la jeune femme.

Chapitre XI

Les deux coéquipiers discutèrent à nouveau des événements de la journée. Léa considéra qu'il fallait identifier la totalité des magasins de tatouage de la ville. Ils constituaient une piste sérieuse, à même de faire certainement progresser l'enquête. Un individu qui aime et s'intéresse aux insectes jusqu'à l'obsession pourrait en effet avoir envie de s'en faire tatouer sur le corps.

« Il faudrait répertorier, par l'intermédiaire des boutiques de tatoueurs, tous les motifs qui concernent des insectes susceptibles de se métamorphoser : papillons, libellules… les associer aux noms des clients, puis dresser une liste de ceux qui paraissaient suspects. »

Tous les deux s'accordaient à penser que le mot de Jéricho se référait à la ville du même nom, sans en comprendre encore la signification, et que le tueur se trouvait toujours dans les parages, prêt à sévir une nouvelle fois.

Georges intervint :

« Le professeur Mattei nous parlait des insectes, mais il a aussi mentionné plusieurs fois l'enfance, non ? »

« Oui, je sais… et je me sens curieusement visée. »

Georges répliqua :

« Et si l'explosion de la station-service était criminelle ? Cela voudrait dire que le meurtrier vous connaissait, et que toi ou Juan étiez sa cible… »

Perplexe, Léa regagna son logement à pied, perdue dans ses pensées. Ce qui la troublait, c'étaient les derniers propos de Georges et aussi sa propre enfance à laquelle elle ne cessait maintenant de penser, tout en se dissuadant de tout mélanger. Elle s'intéressait elle-même aux insectes depuis toujours, fascinée par les métamorphoses, celles qu'elle considérait comme les plus impressionnantes étant celles des papillons, mais aussi des libellules ou de la mouche.

Si un événement pervers ou malsain s'était produit dans son enfance, elle supposait que sa mémoire l'aurait inéluctablement imprimé. Il pouvait s'agir d'un refoulement, d'une action enfouie dans son inconscient, que peut-être une psychanalyse serait capable de faire ressurgir.

Elle se souvint alors que le commissaire Jordan lui avait tendu la carte d'un thérapeute qui pourrait peut-être l'aider à surmonter les aléas du métier.

Léa s'arrêta de cogiter en arrivant chez elle, surprise par une averse brutale. Au moment où elle ouvrait sa porte, elle entendit des bruits terribles provenant de la baie vitrée. Un orage venait d'éclater, le vent et la pluie s'écrasaient en bourrasques sur les vitres et s'immisçaient jusque dans le studio. Une des fenêtres coulissantes était restée entrouverte. Un son métallique strident émanait d'une lame rouillée et tordue d'un store, qui avait servi jadis à se protéger du soleil, et cognait contre la vitre. La jeune femme frissonna devant ce spectacle de désolation en se reprochant sa négligence.

Elle se précipita sur le balcon, arracha la lame rouillée et ferma la baie vitrée. Elle resta quelques instants dans l'obscurité, face aux lumières de la ville qu'elle apercevait par la fenêtre. Dans cet état, elle peina à retrouver l'interrupteur de la lampe du salon. Lorsqu'elle mit enfin la main dessus, un léger soupir de soulagement lui échappa du fond de la gorge qu'elle avait sèche.

Elle alluma une cigarette et mit de la musique à plein volume pour oublier le fracas de l'orage. Dans cette ambiance électrique, elle se servit sa boisson habituelle, sortit un sachet de cocaïne du tiroir de la commode, et se prépara une ligne…

Elle éprouvait toujours cette profonde mélancolie qu'elle cherchait à noyer dans les paradis artificiels et le hard rock à s'en crever les tympans. Malgré sa jeunesse, Léa ne se sentait pas éternelle et savait que la cigarette du temps se consumait peu à peu, inéluctablement.

Le danger de sa profession risquait de mettre un terme définitif à sa vie, ce qu'elle trouvait tout à la fois horrible et excitant. L'imminence du saut dans l'abîme la galvanisait, elle existait pleinement. Son métier absorbait toute sa vie.

Elle finit par arrêter la musique et alluma la télévision. De son canapé, elle distinguait des corps obèses et informes qui se pavanaient dans des maillots fluorescents. Le son était coupé, mais elle comprit rapidement qu'il s'agissait d'une publicité. Elle trouvait ces images pathétiques et stupides.

Puis ce fut le bulletin d'information qui défila, mentionnant qu'une femme venait de tuer son mari dans des circonstances obscures, suivi d'un flash annonçant une nouvelle victime du Coyote, une adolescente au visage androgyne qui habitait la ville.

Léa remit alors le son. Ses traits se figèrent dans une expression de stupeur, lorsque le journaliste énonça le lieu du crime… L'adresse qui s'affichait en caractères gras et surbrillants correspondait à sa rue. Seul le numéro était différent, le 23 au lieu du 9. Le crime venait d'avoir lieu à quelques mètres de son immeuble !

Elle tressaillit, éteignit brusquement le téléviseur tandis que le tonnerre grondait toujours sur la ville. Cette nuit revêtait soudainement une lourdeur tragique.

Léa s'étonna de ne pas avoir reçu d'alerte du commissariat, alors qu'il s'agissait de son enquête. Elle ralluma son téléphone portable et s'aperçut qu'elle avait manqué une série de messages…

Elle se sentait comme prise au piège, à la manière d'une proie guettant le moindre bruit, tous ses sens en éveil. Puis elle claqua la porte, dévala les escaliers et se retrouva dans la rue où elle fut assaillie par les sirènes des voitures de police que le bruit de l'orage et la musique à tue-tête l'avaient empêchée d'entendre plus tôt. Quelques pas la séparaient du lieu de ce nouveau crime présumé du Coyote.

Arrivée devant un building moderne, de facture similaire au sien, elle se fraya un chemin à travers la foule et les journalistes amassés devant l'entrée. Après avoir montré sa carte professionnelle à l'officier du cordon de sécurité, elle pénétra dans le bâtiment. Au rez-de-chaussée, un long couloir menait à la cave, près du local à poubelles, où on avait découvert la victime.

Le commissaire Jordan et Georges se trouvaient là avec des membres de la brigade scientifique. L'adolescente gisait toujours là, à même le sol, cheveux bruns coupés court, le visage tuméfié et le corps nu, maigre, recroquevillé, des morsures, des scarifications et des brûlures sur les seins et les membres, un tatouage de papillon sur l'épaule droite. Il n'y avait pas encore de signes de rigidité cadavérique, la mort devait donc remonter à moins de deux heures. Vu les traces de strangulation sur son cou, la victime avait dû être étranglée, peut-être ailleurs, puis transportée dans ce lieu.

Léa était comme pétrifiée, terrorisée par cette scène qui la projetait tout à coup sur celle du viol de sa mère. Prise de nausée devant l'odeur de la mort et du sang, elle voulut s'éloigner un instant, mais la voix de son supérieur, manifestement en colère, la ramena à la réalité :

« Où étiez-vous passée ? Nous vous avons laissé plusieurs messages. Vous n'habitez pas loin d'ici pourtant ! »

Léa restait hésitante…

« Désolée, commissaire. J'étais de l'autre côté de la ville. L'orage a provoqué des embouteillages monstres… »

« Ces crimes rituels n'ont que trop duré et la paranoïa commence à s'installer dans la population ! »

Conscient du malaise de sa collègue, Georges intervint :

« Nous sommes sur des pistes très sérieuses, commissaire. Léa a rassemblé des indices déterminants pour retrouver ce soi-disant Coyote. Laissez-nous encore un peu de temps… »

« D'accord, mais méfiez-vous, vu son mode opératoire, l'assassin pourrait avoir un complice… » avertit le commissaire.

Georges saisit sa collègue par le coude et l'entraîna dehors pour lui donner le temps de se ressaisir. Une fois dans la rue, et malgré la cigarette qu'elle venait d'allumer, son malaise ne fit qu'empirer. Elle venait d'apercevoir une ombre furtive se détacher d'une porte cochère qui avait réveillé un sentiment de danger imminent. Elle se sentait à nouveau observée, habitée par l'intuition de connaître son prédateur.

À proximité de la scène de crime, le Coyote épiait sa prochaine victime…

Chapitre XII

Le lendemain, encore sonnée par cette nuit agitée, elle trouva Georges occupé à dresser une liste de suspects, amateurs de tatouages d'insectes et clients des trois boutiques spécialisées de la ville. Il venait de repérer deux profils en particulier. Deux hommes. Le premier s'était fait tatouer un papillon dans le dos, ainsi qu'une inscription juste en dessous : « Le vol de ma vie. »

Le second avait choisi des libellules. Deux tatouages distincts. Un au niveau du bassin, un insecte au stade larvaire, c'est-à-dire encore dans un simulacre d'eau. L'autre au niveau des omoplates, un odonate à l'âge adulte, les ailes déployées. Ce dessin retint particulièrement l'attention du policier, car il décrivait parfaitement le déroulement de la métamorphose de la libellule.

Ces tatouages avaient été effectués dans deux magasins différents et étaient répertoriés aux noms d'Emilio Sanchez, camionneur, et de Paul Volsky, sans profession. Georges scrutait le visage de sa partenaire en brandissant les profils des deux suspects.

« Le profil du dénommé Paul Volsky correspond plus aux critères de transformation décrits par le professeur, remarqua Léa. Je commencerai donc par privilégier cette piste. Maintenant, il nous faut une adresse… »

« Oui, le tatoueur me l'a transmise… Voilà ! »

Georges remit un petit morceau de papier froissé à Léa, où il était indiqué 17 rue Flores-Rivera.

À l'endroit indiqué, les deux partenaires débouchèrent dans une petite ruelle sombre et inquiétante, tandis que la brume et la pluie des suites de l'orage s'intensifiaient sur le trottoir gris et terne. À l'entrée du bâtiment, ils vérifièrent leurs armes.

Ils pénétrèrent dans un immeuble à l'atmosphère humide et sous le faible éclairage, les couleurs les plus vives à l'œil nu étaient le jaune pâli du crépi et le noir de la porte laquée, sans code d'accès, qui brillait dans la pénombre. Dans l'entrée, une des boîtes aux lettres indiquait le nom de Volsky ainsi que l'étage de son domicile. Georges et Léa se retrouvèrent devant sa porte, tandis que l'impression de brouillard ne faisait que s'accroître même à l'intérieur de l'immeuble. Une odeur très particulière, mélange de vieux bois et d'aliments avariés, agressait l'odorat des enquêteurs.

Léa appuya longuement sur une sonnette en faux marbre, mais aucune sonnerie ne se fit entendre. Georges actionna sa lampe de poche afin d'y voir plus distinctement, et ne put retenir un petit tressaillement de répulsion, en voyant gesticuler un cafard sur le mur adjacent à la porte. Léa sortit son briquet et porta une cigarette à ses lèvres.

« Tu trouves que c'est l'instant approprié ? » l'interrogea Georges sur un ton réprobateur.

« Non ! » répondit Léa, en inspirant profondément une bouffée de fumée.

Georges commença à frapper vigoureusement tout en haussant le ton :

« Il y a quelqu'un ? Police ! Si vous êtes là, ouvrez, ou je serai dans l'obligation de défoncer votre porte… »

Il réitéra ses coups sur la porte, mais sans réponse. Il prit alors du recul et s'élança avec force contre l'huisserie. Après quelques tentatives, la serrure céda et les policiers se retrouvèrent plongés dans un petit couloir obscur. Ils le traversèrent et fouillèrent l'appartement de fond en comble. Dans une pièce, Léa tomba sur une collection encadrée d'insectes séchés : des papillons, des sauterelles, des criquets, des mouches, des coccinelles… Plusieurs photographies des grands prédateurs de la nature étaient également éparpillées sur le sol : le lion, le tigre, le grand requin blanc, l'orque, le loup, l'ours…

Dans une chambre adjacente, Georges découvrit plusieurs carnets qui ressemblaient à des journaux intimes, à proximité d'une bibliothèque. Tout d'un coup, il sentit la pression douloureuse d'un filin métallique au niveau de son tibia gauche, mais l'instant d'après, il était déjà trop tard. Il le comprit dans la seconde où cela se produisit. Il se jeta à terre, mais il ne put éviter une fléchette qui vint se planter dans son épaule droite.

Le filin de métal, tel un piège, avait déclenché un mécanisme par lequel plusieurs petites sagaies au dard pointu et tranchant se propulsaient à grande vitesse dans la pièce vers une cible identifiée. Georges laissa échapper un cri de douleur qui alerta Léa. Elle se précipita vers lui pour l'examiner et arracha d'un geste précis la fléchette plantée dans la chair du policier.

Le pire était sûrement à venir car, en examinant l'objet, elle remarqua l'odeur âcre et repoussante dont était imprégné le dard. Elle en conclut qu'il s'agissait d'un poison provenant sans doute d'un animal particulièrement venimeux : un serpent, une araignée, un scorpion…

Tandis que son coéquipier pâlissait de seconde en seconde, Léa se précipita sur son portable et appela les urgences :

« Bonjour, ici la police, je suis inspectrice, en mission avec mon coéquipier qui vient d'être infecté par un poison, probablement d'origine animale, sans doute virulent. Il est en état de choc... Il s'agit d'une urgence absolue... Envoyez une ambulance au 17 rue Flores-Rivera, troisième étage gauche. »

Léa était encore au téléphone, lorsqu'elle entendit le cliquetis du chien d'un colt python braqué dans son dos. Un homme brandissait un pistolet sur elle et s'apprêtait à tirer. Elle se projeta instinctivement au sol. Un coup de feu retentit. Elle pensa que sa dernière heure venait de sonner, et se crut morte, mais prit conscience simultanément qu'elle était indemne. Non seulement l'homme au visage dissimulé la visait toujours, mais il râlait de douleur. Depuis la pièce voisine, Georges, malgré sa vision qui se brouillait, avait réussi à tirer avec son pistolet et la balle avait atteint le mystérieux agresseur à la jambe gauche.

Léa profita de cet instant de panique pour asséner un violent coup de pied dans le bas-ventre de l'individu, qui s'écrasa contre la bibliothèque, avant de parvenir à se relever et de prendre la fuite. La jeune femme plongea son regard dans celui de son coéquipier. « Poursuis-le ! » prononça Georges dans un ultime effort.

L'enquêtrice prit en chasse l'homme dont le visage lui demeurait inconnu. Il portait un imperméable large et un chapeau qui lui recouvrait la moitié de la tête. Elle vit sa silhouette dévaler les escaliers, alors qu'elle sortait de l'appartement du suspect.

Le tireur s'élança dans le couloir du deuxième étage en boitant et sortit par une fenêtre commune. Lorsque Léa parvint à sa hauteur, des coups de feu retentirent à nouveau en contrebas. Elle se baissa brusquement pour les éviter. Le fuyard se trouvait sur un toit intermédiaire qui pouvait aussi servir de terrasse. Il allait sortir de l'immeuble, en sautant sur la toile d'ombrage d'un magasin qui se déchira, mais amortit sa chute. Léa dévala à son tour les escaliers.

À l'extérieur, l'homme était encore visible au bout de la ruelle et la course poursuite s'intensifia. Léa la sportive se rapprochait de l'homme blessé qui, se sentant traqué, sortit son pistolet, un Jericho 941 qu'elle identifia à cause de son canon assez long. Elle comprit instantanément l'un des mystères de l'enquête…

L'homme visa la jeune femme qui se baissa brutalement. Le coup partit trop haut, manquant sa cible. Ils débouchèrent sur un grand boulevard où se produisait le défilé costumé et dansé d'une petite troupe de théâtre ambulant. Le fugitif parut alors sauvé par cette foule imprévue dans laquelle il se noya rapidement. Léa ne parvenait plus à le repérer. Mais un des clous du spectacle impliquait que la troupe se disperse aux quatre coins de la rue et se mêle aux badauds.

Soudain, l'individu pris en chasse, dévoilé par cette figure de style, se retrouva seul et bien visible au milieu de la chaussée. La poursuite reprit de plus belle jusqu'à ce qu'il s'engouffre dans une voiture et démarre en trombe. Léa vit la voiture filer en contrebas depuis le pont où elle se trouvait, à la hauteur d'un camion chargé de sable, arrêté au feu rouge. Elle sauta prestement dans la benne. Le camionneur, vitres baissées et musique à plein volume, ne l'entendit pas plus lorsqu'elle atteignit le toit de la cabine, ni même lorsqu'elle se propulsa à l'intérieur, les deux jambes en avant.

Elle hurla « Police ! » et intima l'ordre au conducteur interloqué de poursuivre la voiture de Volsky, encore visible et sur le point de s'enfoncer dans les faubourgs de la ville. Mais lorsque le fuyard, profitant de la légèreté de son véhicule, changea avec dextérité de direction par un saut désespéré dans une petite route en contrebas, Léa ne put que constater son impuissance.

La voiture poursuivie venait de contourner des panneaux annonçant des travaux et de s'engager dans une portion sans barrière de sécurité, depuis laquelle l'individu avait tenté et réussi sa cascade vertigineuse.

La silhouette de son automobile s'évanouissait maintenant à l'intérieur d'un paysage de maisons anonymes ou en construction, à perte de vue. Il ne restait plus à Léa qu'à regagner le supposé domicile de cet homme, en espérant trouver d'autres indices importants sur place.

Elle y retourna non seulement pour inspecter les lieux, mais aussi parce qu'elle y avait laissé Georges dans un état préoccupant. À son arrivée au 17 rue Flores-Rivera, Léa reconnut un camion des urgences de la ville, ainsi que plusieurs véhicules de police alertés par les coups de feu. Georges était allongé sur une table de la demeure du suspect. Il paraissait sans vie, immobile, blanc comme la neige immaculée, et portait un bandage sur l'épaule atteinte.

Une infirmière encore sur place expliqua à Léa : « Nous lui avons administré l'antidote approprié. Malheureusement la propagation du poison était trop rapide… Il s'agissait du venin d'un taïpan du désert intérieur australien. C'est un serpent aux blessures mortelles. »

Léa resta silencieuse, ses yeux exprimaient à la fois la colère, la douleur et la haine. Elle demeura sans un mot, figée, un poids mortifère sur les épaules. Elle secoua la tête en guise de non et se recueillit de longues minutes en silence devant la dépouille de Georges, bientôt transportée à la morgue pour une autopsie.

Pendant que les équipes de la police scientifique évaluaient et délimitaient la scène du crime, elle se mit, de son côté, à explorer de fond en comble le reste du logement sombre et inhospitalier, à la recherche de nouveaux indices.

Un détail retint en particulier son attention. La présence de plusieurs cartes de visite au nom d'une boîte de nuit, *Le Sanctuaire du crépuscule*, le nom d'un club licencieux et libertin. Elle se souvint qu'une des jeunes victimes du tueur y faisait des extras comme entraîneuse, sous le nom de Lola.

Mais ce qui la figea net, ce fut la découverte, derrière une cloison bibliothèque basculante, d'une sorte de laboratoire photographique où étaient exposées, tenues par des pinces à linge sur des cordelettes, des photographies d'adolescentes ou de femmes, jeunes, d'aspect androgyne, et parmi elles, Léa, qui contemplait les étalages d'un marché de son quartier. Une photographie était également encadrée sur une étagère, où plusieurs enfants d'une même classe souriaient devant l'objectif. Un des visages ressemblait en tout point aux traits de Léa enfant.

Elle s'empara du cliché, pointant du doigt la petite fille en question : « C'est moi ! » fit-elle, anéantie, entre confusion et stupeur. Elle balbutia : « Je me sentais en danger, mon intuition était la bonne ! »

Les autres clichés correspondaient presque tous aux victimes retrouvées jusque-là. Des visages d'adolescentes, qui paraissaient comme incommodées par cette métamorphose physique échappée de l'enfance, qui serait suivie d'un égorgement silencieux. Une très grande tristesse émanait de leur expression.

Elles portaient le plus souvent des blousons et des jeans, ce qui leur conférait un aspect de garçon manqué. Leurs cheveux étaient courts, parfois mi-longs.

Une cigarette au coin des lèvres, la plupart semblaient taciturnes, ressemblant à des statues antiques d'un nouveau genre. De là à penser qu'elles préféraient mourir et être des victimes potentielles, Léa se garda bien de l'imaginer. Pourtant, l'attirance de la mort à cette période de la vie existait, comme l'avait évoqué le professeur Mattei.

Elle nota cette réflexion sur son carnet. Il lui fallait coûte que coûte appréhender ce suspect doublé désormais d'un assassin. La piste principale pour le retrouver pouvait être *Le Sanctuaire du crépuscule*, dont l'ambiance nocturne était favorable à qui souhaitait s'y dissimuler. Bien qu'il y ait peu de chance qu'il réapparaisse rapidement dans un lieu public après sa fuite, elle misait pour ça sur le côté imprévisible et déséquilibré du personnage.

À l'aide des informations récoltées en interrogeant les voisins, l'équipe d'investigation dessina un portrait-robot du suspect. La trentaine, visage ovale, crâne chauve, nez relativement fort, grands yeux bleus presque timides. Une tête qui pouvait paraître insoupçonnable.

Léa échangea deux mots avec un inspecteur du périmètre de sécurité :

« Si nous trouvons le suspect, ici comme ailleurs, je suis certaine qu'il ne voudra pas parler. Il se terrera dans un silence absolu. Il me faut absolument enregistrer le son de sa voix que je veux confronter aux souvenirs de Luys, sa seule victime encore vivante. Je récupérerai un dictaphone de bonne qualité au bureau. »

Chapitre XIII

Léa se présenta tard dans la soirée au club libertin. L'endroit se trouvait au bout d'une grande artère de la ville, au coin d'une ruelle. L'enseigne était entourée de néons puissants aux couleurs violentes, rouges et orangées qui claquaient dans la nuit. Un certain charme se dégageait pourtant du lieu.

Lorsque Léa s'approcha, une jeune femme en bottes noires et vêtue court semblait faire les cent pas dans la ruelle en fumant une cigarette : « Bonsoir, bienvenue au *Sanctuaire du crépuscule*. Nous fournissons toutes sortes de plaisirs à nos clients. Vous êtes là pour affaires ou pour vous détendre ? »

« Un peu des deux », répondit Léa, intriguée par ce lieu séduisant. En pénétrant dans le club, elle fut surprise par le contraste de luminosité, très intime comparée à celle de l'entrée.

La jeune femme reprit : « Maintenant, je veux que vous oubliiez le reste de votre journée. Laissez-vous guider par les lumières, les parfums… Réjouissez-vous de votre présence parmi nous ! »

Léa s'installa à un bar où plusieurs clients sirotaient leur boisson. Le tenancier de la boîte, Bill, servait sans relâche des verres aux consommateurs. Il était accompagné d'un homme très grand aux cheveux blonds, aux bras musclés et massifs dépassant d'un tee-shirt noir moulant, qui répondait au prénom d'Armand.

Plusieurs femmes, très jeunes, aux corps dénudés, déambulaient sur une scène au milieu de la pièce, elles étaient très minces et portaient la plupart des perruques aux multiples couleurs. Des individus dansaient en contrebas au son de la voix monocorde du chanteur du groupe de hard rock *The Last Gothics*. Léa pensa soudain à Juan qui était fan de leur musique. Elle ressentit bizarrement sa présence. « Était-il venu ici ? »

Cette intuition la troublait. Elle reprit ses esprits et s'adressa à Bill :

« Bonjour, je… »

Il répliqua aussitôt d'un ton ferme :

« Non, si vous voulez un rendez-vous, il faut vous adresser directement aux filles ! »

« Je ne viens pas voir des filles », dit-elle en lui montrant discrètement sa carte d'inspectrice de police. « Je suis ici pour une enquête qui concerne des meurtres récents. Vous reconnaissez cet homme ? »

Elle brandit le portrait-robot du suspect.

« OK… D'accord, dit Bill, je ne veux pas d'ennuis avec la police. Voilà le répertoire des visites de clients des dernières nuits. »

Il lui tendit un calepin où étaient répertoriées les relations des filles du club. Elle y reconnut le prénom de la dernière victime, Lola, associé à un certain monsieur Lazhare, chambre 207.

Mais c'était surtout les regards insistants d'une des danseuses dans un coin de la pièce qui interpellèrent Léa. Elle paraissait troublée par sa présence.

Quant à Bill, il n'appréciait pas l'enquêtrice :

« Si vous êtes venue saccager l'ambiance de mon club, vous feriez mieux de vous en aller tout de suite ! »

Léa ignora l'avertissement. Du bar, elle observait la jeune danseuse qui sembla se diriger finalement vers sa loge. Elle la suivit dans les coulisses du spectacle.

« Bonsoir… »

La danseuse prit une expression méfiante, entamant un étrange monologue :

« Je ne me souviens pas de vous… Enfant, je rêvais d'être une grande danseuse… Au lieu de cela, je me retrouve à faire ces déambulations bizarres dans ce club occulte… Mon nom est Alicia. »

« Alicia… je voudrais vous poser quelques questions. »

« Vous êtes flic… C'est ça ? Je n'ai pas les réponses. Trouvez vous-même ! »

Léa essaya à nouveau. Elle montra le portrait-robot du suspect.

« Vous reconnaissez cet homme ? »

Elle continua : « Vous connaissez la chambre 207 ? »

Un long silence imprégna la pièce, avant que la danseuse n'y mette fin.

« Je ne peux pas vous répondre… À moins… »

« À moins ? »

« À moins que vous ne preniez un rendez-vous avec moi ! »

« Vous voulez dire que je vous paye afin que nous montions dans une chambre toutes les deux ? »

« C'est exact », répondit Alicia.

Léa sortit quelques billets de la poche de son pantalon et les tendit à la danseuse. Alicia se dirigea alors vers son patron, Bill, qui lui remit une clé.

Elle confia le sésame à Léa, qui disposait ainsi du moyen d'accéder à l'étage des chambres des prostituées du club, dans un bâtiment annexe situé dans la ruelle. L'enquêtrice devança Alicia d'un pas rapide et, près de l'entrée, crut reconnaître un collègue du bureau des inspecteurs accompagné d'une des filles du club. Ils s'enlacèrent quelques instants avant de s'engager dans l'escalier.

« Cela vous étonne ? Il n'est pas le premier policier habitué du lieu ! Allez-y, je vous rejoins. »

Léa pénétra dans l'immeuble d'aspect très rudimentaire. Personne dans le hall d'entrée, l'accueil se faisait à une sorte de comptoir en bois, où une petite sonnette en fer servait à appeler le gérant. Au centre de la pièce, une lampe couverte d'un abat-jour de fortune tamisait la lumière, attirant les mouches qui voltigeaient autour du halo lumineux.

Il y avait aussi un distributeur de cigarettes et Léa s'offrit un paquet. Elle appuya sur la sonnette plusieurs fois avec insistance. Après quelques tentatives, une voix timide et hésitante se manifesta. L'homme du comptoir apparut, semblant surgir de nulle part.

Un corps très mince et grand, un visage étrange qui portait des lunettes à plusieurs foyers, ce qui déformait ses yeux. Ses cheveux étaient gras, son teint pâle :

« Vous avez payé pour une chambre ? »

« Oui, c'est la 203 », répondit Léa.

« Où est la fille qui vous accompagne ? »

« Elle arrive ! »

« C'est au deuxième étage », dit-il, alors qu'un petit rire nerveux, sûrement involontaire, émanait de sa gorge.

« Merci », répondit Léa qui appuyait déjà sur le bouton de l'ascenseur.

À l'intérieur de la cabine, la jeune femme vit son reflet dans le miroir. Son visage encore juvénile, ses yeux candides contrastaient avec l'environnement, l'ambiance véreuse qu'elle expérimentait cette nuit-là.

Au deuxième étage, l'endroit paraissait encore plus lugubre et mal famé, un panneau indiquait des travaux, alors qu'aucun chantier n'était en vue. Des bruits oppressants provenaient des différentes portes du couloir. Le vice et son climat malsain semblaient hanter ces murs.

Derrière une des portes closes, le cri d'une femme proche de l'orgasme se fit entendre. D'une autre chambre parvenait le son d'un morceau de musique classique, violon et piano. Léa prit la clé dans sa poche et ouvrit la porte de la chambre 203. Une petite entrée sans lumière conduisait à la chambre. La pièce paraissait vide et rangée, un bureau contre un des murs. Elle se demanda quelle était son utilité. Puis son regard s'attarda sur les draps du lit, ils étaient maculés d'une substance liquide et visqueuse, qui ressemblait à de la sueur et du sperme mêlés. « Personne ne contrôle jamais l'hygiène dans cet endroit », pensa-t-elle avec répugnance et étonnement.

Rien d'autre n'était à signaler dans cette chambre, et de toute façon, ce qui intriguait et intéressait véritablement la jeune femme se trouvait ailleurs, ses soupçons concernaient la chambre 207.

Elle ressortit dans le couloir et se dirigea vers la chambre en question. Lorsqu'elle s'en approcha, un mystérieux chahut sembla provenir de l'intérieur. Elle s'empara alors de son dictaphone qu'elle braqua en direction de la chambre fermée. Elle distingua une conversation :

« Oui ma jolie, tu corresponds exactement à ce que je voulais. Tu feras l'affaire. Tes cheveux et ton corps sont magnifiques. Personne ne fera attention à ta beauté comme moi. Maintenant je vais te ligoter, voilà… »

La voix masculine gémit tout à coup de plaisir :

« Tu vois, c'est la métamorphose de mon membre envers toi. Je t'excite ? »

Léa était en pleine captation de ces paroles, lorsqu'une main se posa tout d'un coup sur son épaule, celle d'Alicia :

« Tenez, dit-elle, je vous rends vos billets. Je suis avant tout rémunérée pour mes performances physiques de danseuse, pas parce que je vous indique ce taudis. »

« Moins fort ! » protesta tout bas Léa qui continuait l'enregistrement.

La jeune enquêtrice resta ainsi concentrée, immobile et accroupie plusieurs minutes avec son enregistreur à la main. Puis elle murmura :

« Si vous êtes à court d'argent, vous pouvez garder ces billets. »

« Non merci, vraiment, répondit Alicia. Votre chambre, c'est la 203 et non la 207… »

« Oui, répondit Léa, mais c'est celle-ci qui m'intéresse. »

« Je m'en doutais ! Si vous voulez entrer, je dispose, en tant que responsable des danseuses de ce club, d'un passe qui ouvre les portes. »

« Vous en savez plus que vous ne le dites… Pourquoi m'aidez-vous ? » demanda Léa.

« Parce qu'on vend du fantasme et du plaisir ici, pas du meurtre… Lola était mon amie », lui murmura la danseuse d'un ton déterminé. Léa acquiesça.

Alicia sortit alors de sa poche une petite clé similaire en apparence à celle de la chambre 203. Elle fit tourner doucement le sésame dans la serrure qui, après plusieurs hésitations, finit par s'ouvrir. Léa mit son doigt devant sa bouche, elle ne voulait pas faire de bruit et attirer l'attention des occupants.

Elle s'introduisit ainsi discrètement dans une petite entrée, identique à celle de la chambre 203, qui conduisait à une pièce sombre aux teintes rougeâtres où une adolescente anorexique, qui portait des vêtements de cuir et les seins nus, était fermement attachée entre la poitrine et les hanches à un des barreaux du grand lit.

Un homme de grande taille, nu et musclé, qui correspondait tout à fait au portrait-robot du suspect, pénétrait la jeune fille impassible, le regard perdu, en émettant de petits gémissements étouffés. Il se dandinait comme un ver sur l'adolescente, des lézards empaillés posés autour d'eux. Léa discerna sur son dos les deux tatouages de libellules évoqués par Georges. Il murmurait encore :

« Tu feras une proie tout à fait indécente, mon ange… les rives de ton cul… »

Toujours dissimulée dans l'entrée, Léa sortit discrètement son dictaphone et un petit appareil photographique muni d'un silencieux, et prit quelques clichés de la scène. Devant cette débauche de vice, elle se décida à intervenir.

Elle sortit son arme de poing et cria en braquant son pistolet sur l'homme allongé :

« Police, les mains en l'air, tu ne bouges plus… À terre, allez ! » L'homme tatoué sans défense et pris sur le fait se releva brusquement et s'exécuta.

Léa le menotta fermement et détacha la jeune prostituée qui s'enfuit à moitié nue, tel un jeune animal blessé. Elle venait de procéder sans heurts à l'arrestation du suspect principal des meurtres en série.

La police investit ensuite rapidement les lieux. Elle trouva dans une armoire de la chambre un imperméable large et un chapeau ainsi qu'un pistolet, Jericho 941F 9 mm.

Après l'arrestation et le transfert du suspect, Léa, épuisée et envahie par l'adrénaline, quitta le *Sanctuaire du crépuscule* au cœur de la nuit.

Une fois dans son appartement, elle mesura à quel point elle venait de réussir une avancée considérable dans la résolution de ces assassinats, même si l'homme, qui paraissait être Paul Volsky, n'était à l'heure actuelle qu'un simple suspect. Tous les indices à son encontre concordaient. Les propos du professeur Mattei, qui parlait de la métamorphose de l'enfance semblable à celle des insectes, l'enquête chez les tatoueurs, l'arrivée dans cet endroit étrange et hostile, les fléchettes, les armes, les photographies… Enfin, cette boîte de nuit et la découverte de ce corps tatoué, de l'adolescente, de la métamorphose évoquée par Volsky dans l'acte sexuel lui-même. Tout était à même de faire endosser à cet individu le rôle du coupable idéal, du criminel désigné. Et pourtant, au fond d'elle, Léa sentait qu'elle n'était pas encore parvenue à ses fins.

Cette capture soudaine était trop simple et trop évidente, presque facile. Pourquoi un homme en fuite, poursuivi par la police et qui sait que son domicile est surveillé, se pointerait-il dans sa boîte de nuit favorite le soir même ? Un être intelligent se serait méfié.

Ce qui venait de se produire au *Sanctuaire du crépuscule* ne pouvait être relié qu'à un déséquilibré mental, un détraqué sexuel, un individu pervers et dérangé, voire un fou… Or les crimes répondaient jusque-là à une trop grande logique pour que l'auteur en soit un halluciné, un homme aussi pulsionnel et vicieux que le désaxé retrouvé cette nuit-là.

« La place de cet individu n'est même pas dans une prison, mais dans un asile », pensait-elle.

Tout en spéculant sur ce monstre, assise sur une chaise de son balcon, elle tirait sur un joint et contemplait le ciel de cette nuit si particulière.

Il était illuminé d'étoiles plus ou moins proches et brillantes, la Voie lactée semblait soudain à sa portée et, tout d'un coup, elle s'imagina comme une astronaute dans l'espace calme et infini. Elle flottait dans cet univers si mystérieux et personne ne venait la déranger, solitaire, éphémère et pourtant si proche de l'éternité. Elle sentit qu'elle volait et se trouvait soudain reliée au monde, car, parmi les étoiles qui l'entouraient, certaines disposaient d'une aura bénéfique, blanche et rayonnante, dont elle ressentait les vibrations au plus profond de son corps.

Ce n'était plus la nuit, mais le noir rempli de points lumineux à l'origine de tout. Ce paysage, à la fois vide et plein, la remplissait d'un sentiment de beauté absolue. Elle ne voulait plus vivre autrement et demeurer ainsi pour toujours. Elle restait là, tel un vestige du temps présent, tandis qu'une mélodie nostalgique envahissait sa tête. Léa venait de s'assoupir.

Chapitre XIV

Lorsque Léa s'approcha du commissariat, une nuée de journalistes se rassemblait à proximité. Linda aperçut l'enquêtrice et ne put s'empêcher de se précipiter vers elle, malgré sa mine désastreuse. La journaliste commença à la harceler de ses questions habituelles :

« Le suspect appréhendé hier est-il le coupable ? Quelle est la nature de votre relation avec lui ? A-t-il un casier judiciaire ? Sentez-vous que quelque chose vous est caché ? Et cette impression que vous êtes en danger ? Il paraît que le suspect portait des tatouages ? Avez-vous une déclaration à faire ? »

David, le commissaire adjoint et futur binôme de Léa après la mort de Georges, vint à sa rencontre et la prit par la main, alors qu'elle dévisageait Linda avec mépris et colère.

Il s'interposa :

« Allez, venez, de toute façon, ce n'est pas la peine de faire attention à elle… »

Ils se dirigèrent vers l'entrée située derrière le bâtiment, mais Linda l'avait repérée aussi, et elle les suivit jusqu'à cette porte discrète et dissimulée aux regards des curieux. La journaliste continua avec ses manières envahissantes :

« Et si vous nous décriviez le suspect, Léa ? »

Cette fois, la jeune enquêtrice ne se contint plus, elle se précipita sur Linda, la repoussant violemment. David intervint aussitôt afin de calmer l'animosité de Léa qui secouait la journaliste avec véhémence.

« Vous allez arrêter de me poursuivre ! Je ne viens pas vous importuner, moi ! »

« Je ne fais que mon métier. »

David saisit énergiquement sa collègue par le bras et la conduisit en toute hâte à l'intérieur du bâtiment :

« Nous devons ignorer ces journalistes en dehors des conférences de presse, vous le savez… »

« Je sais… Je ne comprends pas ce qui m'a pris… Un coup de sang… »

Ils se dirigèrent vers la salle d'interrogatoire où l'on venait de conduire Paul Volsky, le présumé coupable.

Celui-ci, vêtu d'un simple peignoir qui provenait du vestiaire de la police et complètement nu en dessous, sanglotait dans son coin en tremblant. De ses yeux hallucinés émanait une sorte de saisissement. Les inspecteurs s'installèrent à leur tour dans la salle d'interrogatoire et, comme prévu, le suspect resta silencieux. Il se terra dans un long mutisme, se sachant enregistré.

Léa lui posa les questions attendues :

« Quelles relations entretenez-vous avec ces adolescentes ? »

Elle désigna les photographies trouvées à son domicile :

« Que signifient ces tatouages dans votre dos ? »

Mais cet interrogatoire ne trouva aucun écho, mis à part le son de sa propre voix, et la jeune femme y trouva la confirmation de ses pressentiments. Cette confrontation paraissait vouée à l'échec.

Alors que l'inculpé allait être raccompagné dans sa cellule, il murmura, lentement et de façon presque inaudible : « Léa… » Il le répéta plusieurs fois et de plus en plus fort. Le fait d'entendre prononcer son propre prénom décontenança la jeune femme. Elle se demanda comment il l'avait appris. Sûrement par un policier qui avait dû le mentionner sur les lieux de l'arrestation.

Après tout, son identité était familière à tous les proches de l'enquête. Elle demeurait la principale responsable, chargée de l'ensemble du dossier. Mais tout de même, l'insistance du suspect à prononcer son prénom la déstabilisait. Elle se souvint aussi de ces photographies d'enfants où elle apparaissait dans l'appartement de cet homme, mais ne voulut pas le mentionner devant David…

Un lien semblait exister entre Léa et le suspect, mais son origine et sa nature restaient un mystère pour elle.

La jeune femme disposait toujours de l'enregistrement effectué dans la boîte de nuit, et sa priorité était de faire écouter la bande à Luys. Elle espérait beaucoup du résultat.

Elle se rendit une fois de plus à l'hôpital et trouva le jeune garçon dans sa chambre, la tête tournée vers la fenêtre, comme dans l'attente d'un événement inattendu. En se rapprochant, Léa découvrit ce qui attisait la curiosité de Luys. De sa fenêtre, on pouvait voir un terrain de basket-ball où deux équipes se disputaient le ballon.

Léa entama la conversation sur un ton joyeux :

« Bonjour Luys, comment vas-u ? Aujourd'hui, je te trouve en pleine forme… »

Elle se sentait toujours quelque peu décontenancée, lorsqu'elle parlait à l'adolescent, car son visage était totalement inexpressif et amorphe. Défiguré, il ressemblait à un débris de tête humaine, une sorte de masque où les traits du visage paraissaient comme effacés. Léa lui expliqua qu'elle voulait qu'il écoute attentivement une voix enregistrée, afin de savoir si elle lui rappelait quelque chose.

Elle appuya sur le bouton lecture de son enregistreur et observa Luys, attentive à la moindre de ses réactions. C'était sans aucun doute la voix du suspect qui résonnait dans la pièce, un timbre tremblotant qui oscillait souvent entre les graves et les aigus, des mots articulés avec un accent, de façon singulière.

Au début, l'adolescent ne réagit pas. Il demeura plusieurs secondes sans rien faire ni exprimer. Puis, petit à petit, un geignement proche du sanglot émana du fond de sa gorge, avec de plus en plus d'insistance et d'intensité, si bien que ces bruits alertèrent des médecins à proximité, qui se précipitèrent vers lui et cherchèrent à le calmer. Ils exigèrent que la jeune femme cesse tout de suite de diffuser la voix enregistrée, ce qu'elle fit.

Le garçon continua encore quelque temps ce comportement étrange. Puis subitement, alors que l'enquêtrice conversait avec les médecins, il changea de tonalité et entonna d'une voix tremblante et à peine audible une mélodie familière aux oreilles de la jeune femme.

C'était une ballade à la fois simple et triste qui bouleversa Léa, car c'était celle que Juan fredonnait avant l'explosion de leur voiture. Elle demeura stupéfaite quelques instants, puis appuya sur le bouton d'enregistrement de son capteur sonore, afin d'authentifier ce son, quitte à perdre des morceaux de la voix captée dans la boîte de nuit. Puis elle chercha à déceler une logique à ce qu'elle venait de vivre.

Ce qui l'ébranlait, c'était ce que Juan lui avait raconté à propos de cette musique, de ce thème, qui provenait d'Europe centrale : une tradition, un héritage, « une transmission de ma famille… », selon ses propres mots.

La jeune femme se dit alors que cette mélodie était plus connue qu'elle ne le croyait. Elle questionna le garçon :

« Où as-tu appris cette mélodie, Luys ? »

Il ne répondit pas immédiatement puis le jeune garçon murmura : « Il a chanté… »

Cela décida Léa à aller rendre visite à Juan, à l'hôpital où il était soigné, ce qu'elle n'avait jamais réussi à faire depuis l'explosion à la station-service. Émotionnellement, c'était trop dur. L'horrible souvenir la hantait encore très souvent.

Léa gardait en mémoire l'effroi des ultimes instants après l'accident où elle avait vu son collègue, gravement brûlé, transporté dans l'ambulance de l'hôpital William Harvey.

Leur relation n'était pas faite d'une complicité forte et intime. Une certaine distance existait entre eux, voire parfois de l'agacement comme pendant les dernières minutes d'avant le drame, où il continuait à chantonner, feignant d'ignorer son envie pressante d'uriner.

Derrière ce comportement semblait se cacher, à l'époque, un homme timide et réservé. De longs silences émaillaient leurs rapports, mais ils ne les dérangeaient ni l'un ni l'autre. Ils s'étaient habitués à ce mode de fonctionnement et cela leur convenait.

Chapitre XV

Léa se rendit à l'hôpital William Harvey qu'elle ne découvrait pas. Son père y avait succombé d'un cancer du poumon à l'âge de 45 ans, alors qu'elle était encore enfant. C'était un gros fumeur.

La jeune femme avait conservé une impression funeste de cet endroit et avait espéré ne plus jamais y revenir. Ce fut sûrement ce qui l'avait dissuadée d'aller voir Juan jusqu'à aujourd'hui, en plus de la pression due à l'enquête. Étrangement, c'était ce dossier qui la ramenait sur les lieux du traumatisme de son enfance qui avait précédé celui du viol de sa mère.

Elle essaya de ne pas s'en faire une montagne et se présenta à la réception de l'hôpital :

« Bonjour, je cherche le service des grands brûlés. »

« C'est le deuxième couloir, à votre droite, au troisième étage. »

Léa, un bouquet de fleurs à la main, des azalées toutes fraîches, déboucha dans le couloir indiqué par la réceptionniste et observa attentivement les noms mentionnés sur les portes. Elle tomba enfin sur le nom espéré, celui de son ancien coéquipier, Juan Kruger.

Elle ouvrit la porte avec résolution et se retrouva projetée dans une chambre minuscule, sans fenêtre, éclairée par une lumière bleue tamisée. Allongé sur le lit, un homme, dont on ne pouvait distinguer le visage, avait une partie du corps enveloppée de bandages blancs. Il était dans le coma.

Un scope contrôlait son rythme cardiaque, sa tension et son niveau d'oxygène. Il était intubé, les poumons maintenus en activité par un respirateur, et perfusé, relié à plusieurs seringues électriques remplies de drogues de réanimation.

Mis à part le bip régulier du monitoring et de sa respiration, aucun autre bruit ne provenait du lieu. L'odeur de détergent du carrelage fraîchement lavé envahissait la pièce.

Rien ne troublait vraiment Léa, si ce n'était la corpulence du blessé. Juan était plutôt grand, or la personne allongée devant elle était d'une taille très moyenne – un mètre soixante-dix tout au plus –, comparée à celle de son collègue qui faisait un mètre quatre-vingt-cinq…

Un autre détail attira soudain son attention : la pilosité des mains. Elle était blonde, alors que celle de son coéquipier était d'un brun profond. Léa s'en trouva toute chamboulée. Elle se rapprocha du patient, l'effleura doucement, puis s'exclama avec véhémence :

« Monsieur ! Monsieur ! »

Elle n'obtint pour toute réponse que le bruit répétitif et cadencé de l'électrocardiogramme. Elle sortit alors brusquement dans le couloir, totalement bouleversée…

Une infirmière apparut au bout du couloir, la jeune femme la rejoignit d'un pas pressé et l'interpella :

« Ce n'est pas Juan Kruger qui se trouve dans cette chambre ! »

Le personnel de l'hôpital vérifia toutes les chambres méticuleusement. Il paraissait de plus en plus évident que Juan s'était volatilisé ou n'avait jamais été admis dans cet hôpital, et que nul n'en connaissait la raison.

Léa téléphona immédiatement au commissaire Jordan pour lui signaler la gravité de cette découverte. Un contrôle ADN du blessé allait être entrepris.

Elle eut soudain l'intuition qu'il lui fallait à nouveau interroger Paul Volsky. Il refusait à présent tout interrogatoire dans la salle prévue à cet effet, à cause du système d'écoutes et elle ne le contraignit pas davantage.

Elle le rencontra à la prison, dans sa cellule, afin de lui garantir qu'elle ne portait pas de capteur sonore et pour cela, elle enfila des vêtements très fins et moulants. Elle accepta même de se soumettre à un contrôle de ses chaussures.

Après ces vérifications importantes aux yeux du suspect, Léa en vint enfin au motif de sa venue. L'homme demeurait méfiant. Il accepta néanmoins une cigarette :

« Vous connaissez Juan Kruger ? »

Volsky se figea et parut soudain accablé, il ne savait plus où tourner le regard. Léa le nota aussitôt sur son carnet. Après un silence qui parut durer une éternité, il esquissa du bout des lèvres, avec un léger bégaiement :

« Non… »

Léa le fixa pendant encore quelques secondes, une expression de tristesse transparaissait sur son visage. Elle n'insista pas, ne voulant pas montrer qu'elle attendait beaucoup de cette rencontre. L'homme paraissait décidé à se maintenir enfermé dans son mutisme.

Alors qu'elle allait quitter la cellule et lui tournait déjà le dos, il ne put contenir ces quelques mots, il semblait bouillonner…

« C'est… simplement… Il s'agit… qu'il ne nous fasse pas de mal ! »

Léa fut intriguée :

« De qui parlez-vous ? Je… »

Mais Volsky la coupa net, il fulmina :

« Ce n'est pas juste, cela va trop loin… »

Puis il se répandit en petits tremblotements contrits, convulsifs et nerveux qui se rapprochaient du sanglot. La jeune femme ne comprenait rien à ces comportements décalés et angoissants. Elle observa une ultime fois la physionomie de l'inculpé, puis sortit de la pièce, sans réponse à ce qu'elle avait espéré trouver pour faire avancer l'enquête. Ses réactions étranges laissaient pourtant supposer qu'une relation était concevable et s'était peut-être nouée entre l'homme tatoué et Juan. Mais où ce dernier était-il passé ?

Chapitre XVI

Léa pensait encore aux liens possibles qui reliaient ces personnages entre eux, lorsqu'elle arriva chez elle. Tout paraissait normal dans l'immeuble dont le rez-de-chaussée donnant sur la vaste cour était occupé par plusieurs bureaux, ainsi que par une galerie d'art. Elle vérifia machinalement le courrier dans sa boîte aux lettres, et y trouva tout au fond une feuille pliée en quatre dans une enveloppe à son nom, à l'écriture étrangement familière. C'était celle de Juan.

Ce qu'elle découvrit dans ce message la bouleversa.

« Chère Léa,

Je t'écris aujourd'hui parce que je me sens plus que jamais proche de toi, de ce que tu es.

Ton intelligence et ta perspicacité dans cette enquête ne m'étonnent pas. Je ne suis pas surpris, et si j'étais en ta présence, je t'applaudirais sûrement. Tu es une femme exceptionnelle avec des qualités hors du commun : intuition, persévérance, audace, courage, ténacité –la liste est certainement très longue –, fragilité aussi.

Aujourd'hui, je veux me confier à toi. Tu vas enfin connaître la vérité sur ce que tu vis et ce que tu recherches.

Je sais que Kurt Müller, alias Paul Volsky, est emprisonné... Il m'est souvent apparu comme un être grossier. Kurt ne pense qu'à la chair humaine, à la peau juvénile des jeunes filles. Il ne dispose d'aucun égard quant à l'esprit et à la grâce de cet âge.

Toi et moi, nous percevons autrui différemment.

Ma première erreur est de ne pas avoir eu le temps d'achever mon œuvre avec le jeune Luys, que j'aurais aimé purifier pour l'éternité. Kurt l'avait rencontré dans une boutique de tatouage. Sa beauté androgyne m'avait fasciné et sa passion pour les insectes nous avait rapprochés.

Il savait donc qui j'étais. Il m'a fallu alors disparaître aux yeux de tous, mais tu es intervenue.

Lors de l'explosion de la station-service, je n'étais pas à proximité du véhicule, mais déjà à l'abri de la déflagration. J'ai trouvé un homme brûlé et désarticulé, couché dans les bosquets. Je pensais qu'il était mort et que vu son état, il serait difficilement identifiable. J'ai laissé dans une de ses poches mon insigne de flic sali par la poussière, et mes lunettes, que j'avais brisées, par terre à côté de lui. Ces deux indices auraient dû suffire à faire diversion, sauf que l'homme vivait encore... Deuxième erreur !

Ensuite il y a tous ces jeunes corps mutilés... Tu te demandes sûrement pourquoi un tel acharnement ?

Ces adolescentes en souffrance méritaient un meilleur sort que leur vie laborieuse dans des métiers éreintants ou la prostitution, un véritable gâchis. C'est moi qui les ai délivrées de leur malheur, métamorphose abjecte, horrible, de l'âge adulte... Je suis sûr qu'elles m'en sont reconnaissantes.

Je ne me considère pas simplement comme un homme. Je suis aussi un félin, un animal aux pouvoirs extrasensoriels. Tu l'as certainement remarqué. Et maintenant je n'imagine plus que nous deux...

Kurt ne se focalise que sur la matière, le physique, l'animal... Mais toi et moi sommes de grands sensibles. Nous ressentons profondément l'idéal de spiritualité transcendé sous l'aspect charnel de l'être vivant.

J'ai pris plaisir à dessiner sur leur corps la métamorphose symbolique de ces jeunes filles, après que Kurt les a souillées une dernière fois. Elles me sont si intimes et touchantes, si belles avant leur saut dans l'inconnu. Tu perçois sûrement ce que je veux dire. »

Léa frissonna. Glacée par la folie et la perversité de ces révélations, elle esquissa un mouvement de recul, et reprit sa lecture.

« Oui, je me dis que d'une certaine façon, nous sommes tous les deux des anormaux, des phénomènes de foire... Notre métier nous ronge peu à peu, nous transforme petit à petit, inéluctablement, en des êtres dénaturés, difformes, sans identité autre que celle de ceux que nous poursuivons. C'est une blessure profonde qui ne guérira pas. Nous sommes rejetés par la société. Nous ne savons plus comment communiquer ce que nous sommes vraiment.

Je t'adresse ce message parce que je pense qu'il est encore temps de te sauver, de trouver, toi aussi, une issue à cette vie sans espoir. »

Léa alluma nerveusement une cigarette et se servit un alcool fort, les mains tremblantes, avant de continuer.

« Je connais Kurt depuis l'enfance. Je suis son aîné. Nos grands-pères, autrichiens, émigrés après la guerre, avaient un passé trouble en commun. Leurs liens supposés avec la Waffen SS sont toujours restés un mystère. Cela nous a forcément rapprochés. Pour oublier et laver cette sombre histoire familiale, j'ai décidé de rentrer dans la police. Kurt, lui, a voulu changer de nom et s'est mis à vivre d'expédients et de proxénétisme. Il est devenu un de mes indicateurs et je l'ai protégé. Quand tu as rejoint la brigade pour devenir mon binôme, il m'a tout expliqué de toi. Je te

connaissais déjà à travers lui et je suis tombé instantanément amoureux.

C'est cette attirance commune pour ce que tu es, qui nous a entraînés Kurt et moi dans cette spirale sans limites, un soir en sortant du Sanctuaire du crépuscule. Notre obsession pour ces jeunes corps identiques au tien, l'inaccessible. Après les avoir séduites, il te fait l'amour en les pénétrant, je les purifie en leur ôtant la vie.

Rien ne m'a été épargné de ce qui s'est passé, il y a bien longtemps, entre vous, et dont tu n'as pas conscience.

Vous habitiez dans la même rue, mais tu ne l'as jamais remarqué. Il t'épiait quand tu passais devant chez lui. Puis tu as intégré son collège. Tu n'étais qu'une enfant, et lui, déjà un adolescent perturbé.

Tu représentais pour lui un amour inaccessible. Il te trouvait belle, plus belle que toutes les autres filles, mais ne savait pas comment t'aborder.

Il avait même réussi à glisser des mots tendres dans ta trousse de collégienne par l'intermédiaire d'un élève de ta classe, sans succès et toujours invisible à tes yeux.

Cette quête éperdue lui a brisé le cœur, et la frustration n'a fait qu'envenimer son âme. Il est complètement fou. Ne le juge pas trop sévèrement.

Il t'évoque en permanence. Il t'aime et t'aimera toujours, tout comme moi, d'une certaine façon...

Je ressens ce que tu penses, toi ma très gentille et très douce Léa, et je sais que tu veux me rejoindre dans cette soif d'absolu. Nous serons alors à nouveau réunis et pour toujours. Pense à ce que je viens de te dévoiler, je te fais confiance. Je t'attendrai demain à minuit au carrefour du parc Neruda...

Affectueusement.

Juan. »

La jeune femme chancela une nouvelle fois à travers la pièce. Elle se resservit un verre de scotch et s'effondra sur le canapé. L'alcool lui tournait la tête et ces révélations n'arrangeaient rien. Elle ne voulait pas se voir dans le miroir. Qu'aurait-elle vu de plus que d'habitude ?

Un visage qui grimace davantage, déformé par la peur ? Elle sentait surtout une nausée envahir tout son corps. Son moral était au plus bas, son pessimisme encore plus violent qu'à l'accoutumée. Elle pensa soudainement que plus rien ne la rattachait à la vie, Juan et sa folie perverse occupaient maintenant ses pensées. Elle se niait elle-même et ne voyait qu'une impasse à l'horizon.

Il fallait pourtant espérer une issue. Elle appuya sur le bouton de sa radio pour s'obliger à penser à autre chose. La routine de l'information. La femme d'un avocat célèbre trompait son mari… Elle baissa aussitôt le volume au maximum…

Elle réalisa alors tout d'un coup que son entretien chez le psychanalyste était prévu pour le lendemain à dix heures. Elle se demanda si l'instant paraissait vraiment propice pour se confier non seulement sur sa vie, mais aussi sur la tournure que prenait toute cette tragédie.

Ce n'était plus la blancheur de l'innocence de la jeunesse qui l'habitait. Elle se trouvait soudain couverte de la noirceur du démon. La jeune femme se souvenait de Juan, un associé réservé certes, mais de là à imaginer cette nature de tueur en série implacable…

Il parlait aussi de Kurt dans sa lettre, un nom qui ne lui évoquait rien de précis. Pourtant, en fouillant sa mémoire, le visage de Kurt, alias Paul Volsky, semblait étrangement familier, comme si elle l'avait rencontré quelque part, mais ne savait plus ni quand ni surtout à quelle occasion.

Léa se sentit tout à coup submergée par une colère irrépressible. Elle s'empara brutalement d'une paire de ciseaux et d'un magazine acheté récemment. Elle se mit à le feuilleter nerveusement.

À chaque fois qu'un visage humain se présentait à sa vue, elle le frappait et le déchiquetait frénétiquement, jusqu'à ce que ces faces souriantes deviennent méconnaissables. Elle ne voulait plus voir ces sourires et aspirait tout simplement à réduire en miettes ces visages qu'elle considérait trop lisses, trop maquillés, indéchiffrables.

Une fois calmée, elle relut la lettre trouvée dans son courrier et, incroyable paradoxe, une vague lueur d'admiration anima brièvement son regard devant la perspicacité de Juan. Elle concédait volontiers se sentir à moitié folle et si seule parfois. Ces écrits soulignaient et laissaient transparaître l'ambiguïté de sa propre personnalité.

Léa regarda la pendule de la cuisine, il était plus tard qu'elle ne le pensait. Elle se servit un autre verre, prit une cigarette, emplit la pièce d'une musique intimiste, attirée par un sachet de cocaïne qui se trouvait encore sur la table.

Elle devait prévenir, dès ce soir, le bureau de cette lettre, de ce message d'aveu.

Le rendez-vous proposé reposait sur la soi-disant confiance de Juan, pas sur la sienne. Il lui tendait sans doute un piège mortel, elle pouvait donc faire de même. Mais il allait se méfier, c'était certain. Il la guetterait, l'épierait de loin avec des jumelles ou un fusil à lunettes au coin du parc. Il lui fallait donc être extrêmement prudente. Elle fit appel à son professionnalisme, et ne sous-estima pas l'habileté de son ancien collègue à maîtriser toutes les techniques d'attaque de son métier de flic.

La possibilité de décliner la rencontre la traversa aussi. Juan, qu'elle avait côtoyé pendant tant d'années, comment pouvait-il être impliqué dans ces meurtres et avouer cette attirance morbide à son égard, lui, marié et père de famille, qui paraissait si indifférent, d'une timidité presque maladive ?

Elle décrocha son téléphone avec l'intention de demander à parler au commissaire Jordan. Puis elle y renonça.

Chapitre XVII

Léa jeta un coup d'œil sur la carte où étaient indiqués le nom et l'adresse du psychanalyste que lui avait conseillé son supérieur : Dr Alexei Whillem, 47, rue des Hibiscus. Il se trouvait dans un quartier relativement proche. La jeune femme voulait être à l'heure pour son rendez-vous. Elle enfourcha son vélo et parcourut le trajet, la tête encore embrouillée par les récents événements.

Les boulevards et les rues lui paraissaient sombres, à la mesure de son humeur taciturne. Elle ne se sentait pas prête à affronter tout ce monde, et parfois, le simple fait de faire face à des passants devenait une corvée. Dans ces moments-là, Léa se sentait comme broyée par la ville.

Elle finit par déboucher sur la rue des Hibiscus, un endroit hors de l'énergie dévorante de la cité, une allée paisible et ombragée qui ne dénotait pas de l'architecture pavillonnaire des quartiers souvent plus excentrés. Elle découvrit tout de même quelques bistrots et un marchand de fleurs qui animaient un peu les lieux.

Le cabinet se trouvait à l'ultime étage d'un bâtiment étriqué, mais salubre. Lorsqu'elle sonna à la porte, un homme d'un certain âge, aux épaules encore carrées et solides, la moustache blanche et épaisse, les cheveux en désordre, l'accueillit :

« Bonjour, je suis Alexei Whillem. »

Ils s'installèrent dans son bureau. Le médecin entama la séance :

« Alors, mademoiselle, qu'est-ce qui vous amène ? Vous pouvez me dire ce que vous avez sur le cœur. Il faut que cela sorte… Mettez-vous à l'aise. »

Léa commença donc à lui parler de sa vie, de son métier, puis de cette affaire qui accaparait son esprit. Elle n'omit aucun détail : de l'explosion de la station-service à la lettre de Juan, en passant par la visite au château de madame Laura, sa rencontre avec Gore, le chien étonnant ayant appartenu à Luys, sa solitude affective et sexuelle, son penchant pour l'alcool et les stupéfiants, sa clairvoyance.

Les yeux d'Alexei paraissaient briller d'intérêt en écoutant Léa raconter son histoire. Il s'exclama même à la fin de ses confidences :

« Dites donc, c'est un vrai roman ce que vous me racontez là. » Tout en tirant de plus belle sur sa pipe.

Ce qui accaparait l'esprit de Léa à cet instant précis était l'échéance de sa prochaine rencontre avec cet individu qui prétendait être Juan.

« Vous pensez que Juan est l'assassin ? » lui glissa Alexei alors que la confusion persistait dans le cerveau de l'enquêtrice.

Elle répliqua :

« C'est, en tout cas, ce que cette lettre laisse supposer. Il faudrait la faire analyser, mais le temps presse… J'aimerais aussi comprendre le rôle de Kurt, alias Paul Volsky, dans cette histoire. »

Après un assez long silence, Alexei s'exclama :

« Je pense que Kurt éprouve de l'amour envers vous, mais que vous n'en avez pas conscience, que vous l'ignorez, comme cela est expliqué dans la lettre. Il vous aime depuis la première fois que ses yeux se sont posés sur vous. C'est-à-dire lorsque vous étiez enfant. Peut-être que, depuis lors, il cherche à expulser une frustration, lorsqu'il rencontre intentionnellement d'autres jeunes filles, mais n'en éprouve aucune satisfaction, car vous êtes son axe, sa borne, son obsession. Ne soyez pas effrayée, ce n'est pas une situation rare. Enfant, vous l'avez sûrement rencontré à une occasion quelconque, mais vous l'avez oublié. Lui, à l'opposé, se remémore à l'infini tous les détails… »

Léa, extrêmement troublée, chercha dans ses souvenirs :

« La lettre de Juan parle d'une trousse… »

Alexei approuva :

« Oui, le mot dans la trousse, c'est fréquent à cet âge. Maintenant, si ce message ne vous est pas parvenu, c'est qu'un événement inattendu l'en aura empêché. »

Léa coupa net son discours, comme si elle cernait tout d'un coup un indice :

« Attendez ! Oui, je me souviens… Une fois, alors que je n'étais qu'une écolière, mon sac à dos, dans lequel je transportais mon matériel scolaire, m'a été volé dans le jardin public où nous jouions parfois après les cours, tout près de la maison. Je ne l'ai jamais retrouvé. À l'époque, j'en ai ressenti beaucoup de chagrin et un profond sentiment d'injustice. »

« C'était sûrement d'autres enfants qui voulaient tenter le diable. Voilà peut-être l'explication que vous cherchiez, déclara Alexei. Dans votre sac se trouvait certainement cette fameuse trousse et, dans cette trousse, les mots de Kurt. Par la suite, votre attitude d'ignorance envers lui a pu être interprétée comme du mépris, de la désaffection, un refus catégorique de reconnaître son existence, ou que sais-je encore, par un adolescent perturbé. »

Léa semblait perdue dans ses pensées :

« Ce sont les mots de la lettre : briser le cœur ! »

Alexei conclut alors avec empathie :

« Voilà le rôle de Kurt dans cette histoire. C'est ce que vous vouliez savoir. »

Léa apparaissait muette et circonspecte. Le silence s'installa dans la pièce.

Le vieil Alexei le rompit en continuant ses hypothèses :

« Je pense très sincèrement que Kurt et Juan sont en effet complices, en particulier dans cette affaire sordide. »

Léa acquiesça comme une automate :

« Oui, certainement. »

Alexei poursuivit :

« La relation est ambiguë, un lien fort et morbide existe entre eux. D'un côté, Kurt représente la pulsion sexuelle, l'assouvissement d'un désir charnel et érotique envers ces adolescentes. Leur pureté et leur virginité apparentes le replongent dans ses fantasmes à votre égard. De l'autre, Juan est attiré par les signes naissants de leur beauté juvénile qu'il veut figer pour l'éternité par ses meurtres.

« Ces jeunes filles ressemblent la plupart du temps à des pucelles, en tout cas, c'est ce qu'il imagine. Elles sont belles comme dans les tableaux de la Renaissance italienne.

« Le point commun entre les deux hommes, en dehors de vous, c'est la métamorphose : Kurt et la transformation érotique, voluptueuse, Juan et l'accomplissement par le crime. Si nous les observons précisément, Kurt est le plus inoffensif des deux : il est l'enfant, il incarne dans le binôme l'instinct sexuel attiré par la chair, le besoin physique irréfléchi, immédiat. Tandis que Juan est l'adulte, la préméditation, le raffinement pervers dans l'horreur. C'est un chirurgien du meurtre. Et il ajoute un aspect plastique, dans sa folie à ses crimes : mutilations, brûlures, morsures, tatouages, etc.

« Je pense qu'il se voit comme un peintre dans l'expression esthétique d'une délivrance par la mort. C'est ce qu'il mentionne dans la lettre. Il est sûrement sincère, lorsqu'il parle de libérer ces jeunes filles d'un futur éprouvant. Il est possible qu'il ne soit même pas conscient de faire le mal quand il l'accomplit, et qu'il ne se reconnaisse pas après coup.

« Il estime rendre le monde meilleur en perpétuant ses actes, car selon lui, il exécute un rituel de délivrance envers ces corps intermédiaires qui quittent l'enfance et s'orientent vers le monde adulte.

« Son action est spectaculaire, et je pense que nous sommes là en présence du profil d'un grand psychopathe. L'innocence de l'enfant, c'est aussi sa sexualité immaculée. Il n'est ni souillé ni corrompu par les adultes, il est préservé.

« Et ces deux hommes mènent ces adolescentes vers ce que j'appellerais, avec précaution, l'inéluctable désaccord inhérent à l'âge adulte : la sexualité, la souffrance, la mort.

« Ils accélèrent ces stades de la vie humaine. Tout va beaucoup plus vite que dans une vie dite ordinaire. Je persiste à penser qu'ils se considèrent même comme des esthètes dans "l'art" qu'ils pratiquent. Ils deviennent alors d'autres entités de la nature sauvage : la libellule, la panthère, le coyote… C'est la bestialité de l'homme qui l'emporte sur la raison dans ces comportements.

« Évidemment, je ne dis pas non plus que Juan nie l'existence du mal. C'est plus l'ambivalence de la nature humaine qui transparaît là, cette part d'ombre en nous.

« Il est lui aussi confronté à ces mauvais instincts, il n'est pas épargné. Mais encore une fois, tous ces meurtres ne sont pas l'œuvre d'un enfant de chœur. »

Léa intervint :

« Oui, Juan est un homme d'âge mûr, mais curieusement timide et peu loquace en tant que coéquipier. »

Alexei rebondit sur la personnalité de l'ancien collègue de Léa :

« Je pense qu'il y a une part d'ombre dans ce personnage. J'aimerais savoir quelles étaient vos relations avec cet homme. »

Léa se troubla légèrement :

« Ce qui m'impressionnait le plus, c'était la longueur de ses mains, vraiment gigantesques. Sinon, je le trouvais très simple et je ne l'aurais jamais soupçonné. Juan paraissait un homme réservé, mais pas particulièrement sur la défensive. Cependant, il ne se confiait pas et restait souvent silencieux.

« Il disait que sa famille était originaire d'Europe centrale, sans pour autant donner de détails sur sa vie passée, et je n'en cherchais pas. Sincèrement, il me semblait honnête, un bon père de famille. C'était un homme robuste aux yeux tristes et à la voix monocorde. Oui… derrière ses lunettes, il s'affichait, dans l'expression de son regard, toute la morosité du monde…

« Effectivement, en y regardant de plus près, je voyais dans son langage, sa façon de se comporter, des manières animales, peut-être sur la défensive. Mais la bestialité, je la sens en moi aussi. »

Alexei approuva :

« Oui, nous sommes tous des animaux. Mais je pense que, dans un cas comme celui de Juan, l'animalité est à son paroxysme. L'implication de sa famille à l'époque nazie a peut-être joué… »

À ces mots, une ombre noire, rapide et agile atterrit sur le bureau du psychanalyste. Léa sursauta et prit son pistolet qu'elle braqua sur la vision. Elle prit vite conscience qu'il s'agissait en fait d'un chat noir, une boule de poils sombres, qui avait sauté du haut d'une armoire, excité à la vue de quelques oiseaux passant à proximité de la fenêtre.

Alexei reprit la parole :

« Ce n'est que mon chat, il est très gentil, mais il choisit des proies à sa convenance. Je pense que Juan est dans une situation assez similaire. Il se peut même qu'il se considère comme un animal très spécifique parmi les êtres humains, une catégorie toute particulière, un peu comme le chat vis-à-vis des oiseaux, ou le lion de la gazelle. Je veux simplement remettre l'accent sur son animalité qui est un paramètre important.

« Si vous décidez d'accepter cette rencontre, je vous recommande de faire extrêmement attention, il est très dangereux et comme vous le savez, vous ressemblez vous-même à une "adulescente", qui n'a pas encore terminé sa mutation vers l'âge adulte. Leur obsession pour vous correspond au zénith de leur recherche.

« Nous allons devoir nous arrêter là. Vous êtes prête à prendre un nouveau rendez-vous, jeudi 13 à 10 h 30, par exemple ? »

« Oui, c'est parfait », répondit la jeune femme sans le regarder. Ils se dirigèrent ensuite vers la sortie du cabinet d'Alexei.

« Encore une fois, faites attention à vous Léa... Vous devriez en informer votre supérieur. Avec cette lettre, vous tenez la clé de cette enquête », prévint le psychanalyste.

« Je préfère vérifier par moi-même », fit-elle. Puis elle esquissa un sourire à l'attention du vieil homme.

Chapitre XVIII

Léa laissa son vélo en bas de son domicile et marcha longtemps à travers les méandres de la ville, alors que le soleil jouait à cache-cache avec les nuages.

La séance avec le psychanalyste l'avait apaisée et elle décida qu'elle n'irait pas revoir Paul Volsky ce jour-là. Elle voulait prendre du temps pour elle avant cette rencontre avec Juan, peut-être fatidique.

La jeune femme flâna à nouveau dans les rues, se rapprochant des endroits ensoleillés, ainsi que des magasins qui attiraient son regard. Une vitrine avec la promotion d'instruments de musique, des vêtements aux multiples couleurs, des robes, des chapeaux, des vestes, un fleuriste…

Elle dirigea ses pas vers un jardin public qui contrastait avec l'urbanisme dense de la ville. Le goudron brûlant y était remplacé par des pelouses fraîches et ombragées. Il y avait un bassin à l'eau usée et grise où l'on distinguait néanmoins par endroits de gros poissons aux écailles orangées. Certains arbres surprenaient Léa par le contraste de leurs couleurs, des roses éclatants et d'infinies nuances de blanc. À une certaine distance, les feuilles aussi ressemblaient à des pétales de fleurs, de petits points lumineux et vitaux.

L'air était moins moite, plus pur que celui qui flottait autour du jardin, lourd des odeurs d'acier et de pétrole.

C'était pour elle, depuis toujours, un îlot de nature préservée qui lui permettait de s'échapper, de s'évader de la ville.

Même si cet espace vert était relativement restreint en comparaison de l'agglomération bruyante, il avait le mérite d'exister. Mais cette fois-ci, Léa s'y promenait avec une expression préoccupée par la complexité de la situation qui était devenue la sienne : ses confidences à Alexei et la perspective de sa rencontre avec Juan qu'elle avait jusque-là gardée secrète. Elle se sentait à fleur de peau, sensible à l'alternance de la fraîcheur des endroits ombragés et de la chaleureuse présence du soleil dans ce ciel d'azur.

Elle aperçut un manège de chevaux de bois qui tournait au son d'une mélodie lancinante de boîte à musique. De jeunes enfants s'accrochaient aux animaux factices. Certains criaient, d'autres riaient ou tapaient des pieds sur leurs montures figées. Trouvant cette vision charmante, elle s'attarda sur le sourire et la gaieté d'un petit garçon. Il lui paraissait soudain très sympathique et proche, et elle eut tout d'un coup l'envie de partager des instants spontanés et conviviaux avec lui.

Fonder une famille, assurer une descendance, voilà une pensée qui la traversa soudain alors qu'elle contemplait l'enfant. Elle se sentait maintenant à mille lieues des sordides sollicitations de Juan et n'éprouvait que du dégoût envers lui.

Chez elle, Léa transcrivit ses réflexions en un long monologue, avec l'intuition morbide que l'on trouverait peut-être ces notes après sa possible disparition.

« Il s'agit de l'affaire d'un tueur en série qui ne s'attaque qu'à des adolescentes, à l'aspect androgyne. Les victimes sont violées par son complice, et subissent toutes sortes de violences physiques : lacérations, morsures,

brûlures, coupures... Nous recensons actuellement six meurtres, ainsi que l'agression ratée de Luys, gravement défiguré.

Ces crimes sont apparemment l'œuvre de mon ancien coéquipier, Juan Kruger... Il est en étroite relation avec un autre homme, Kurt Müller, connu sous le nom de Paul Volsky. Ils choisissent des victimes fragilisées par la vie, dont des prostituées des quartiers pauvres de la ville. Kurt les recrute par l'argent ou par la séduction. Juan les assassine.

Juan est le plus dangereux des deux et le véritable meneur. C'est lui l'adulte. Il se considère comme frustré et rejeté par la société qui l'environne. Sa gentillesse apparente cache sans doute une forme de cruauté mentale. Je ne le pensais pas capable de telles atrocités.

Il m'a envoyé une lettre où il s'explique sur ces horreurs. Il se dit peintre et artiste dans la réalisation de son entreprise macabre. Il paraît entretenir une obsession pathologique vis-à-vis de la représentation du corps humain, de l'évolution de son organisme au moment du passage de l'adolescence à l'âge adulte, et se sent investi à ce propos d'une mission aussi sacrée que morbide.

Son complice, Kurt, est sans doute aussi refoulé et j'en serais la cause. La lettre et mon entretien avec le docteur Alexei Whillem, psychanalyste, m'ont fait comprendre que Kurt fréquentait la même école que moi et éprouvait des sentiments à mon égard durant son adolescence.

Il aurait entretenu cette obsession jusqu'à aujourd'hui. Une situation que j'ignorais complètement.

Kurt a très mal perçu cette indifférence involontaire de ma part, il serait encore aujourd'hui traumatisé par cette histoire et obsédé par des rencontres de filles androgynes qui me ressemblent.

Je l'ai arrêté sans rien soupçonner de ses motifs et il est actuellement en prison, alors que Juan me propose, dans sa lettre d'aveux, de le rencontrer ce soir...

Je ne crains pas Juan, je ne crains personne. Avec son présumé accident et la voiture piégée, il a tenté de me duper, de créer un leurre et d'entraîner notre enquête sur une fausse piste, afin de détourner mon attention. Mais, grâce au seul rescapé de cette horrible histoire, le jeune Luys, un doute le concernant a commencé à m'envahir, confirmé par ma visite à l'hôpital où il n'a jamais séjourné...

Aujourd'hui, après ses aveux, Juan apparaît comme le véritable coupable dans ce dossier. Le Coyote, c'est lui !

Il me parle aussi dans sa lettre de transformation, de métamorphose, comme s'il vivait des états seconds où il devient incontrôlable, à la façon d'un fauve. Ce qui expliquerait l'aspect des victimes. Il a jeté son dévolu sur moi. J'ai l'impression de ne plus le reconnaître... »

Léa s'arrêta subitement d'écrire, il lui revenait à l'esprit que chacun porte en soi son fardeau et son ambivalence, elle comprise. Elle alluma encore une cigarette, mais ne s'autorisa pas un autre verre.

Elle revoyait Juan et ses petites lunettes, très fines, ou celles à verres solaires qu'il portait parfois même par temps couvert, et discernait à présent dans son regard souvent fuyant, une opacité qui dissimulait de la perversité. Elle en était sûre, ses yeux, cette petite oscillation de la pupille, exprimaient la possibilité d'un basculement vers la folie.

Comment avait-elle pu passer à côté de tous ces détails qui lui apparaissaient maintenant si évidents ? Trop de tabac, de cocaïne, d'alcool ou de cannabis avaient embrumé son esprit.

Elle faisait son métier rigoureusement, et puis il y avait tout le reste, qu'elle paraissait parfois ne plus maîtriser. Elle trouvait de plus en plus compliqué de démêler la vérité du mensonge. Peut-être la rencontre avec lui pourrait-elle élucider ses doutes…

Oui, elle irait à ce rendez-vous, c'était sa décision. Elle acceptait son destin, quel qu'il fût. Elle tourna la tête vers l'horloge, il n'était pas encore l'heure. Elle tira à nouveau nerveusement sur sa cigarette.

Un monde qui paraît absurde, où le meurtre rôde. Voilà ce qui l'attendait. Un jour, c'était certain, elle emménagerait loin de ce vacarme, de cette folie. Elle aurait un enfant et irait vivre à la campagne, dans un lieu reculé, où la nature retrouverait toute sa place.

La ville, c'est le futur, voyait-elle sur l'écran de son poste de télévision, mais cette cité grouillante et polluée ne la stimulait plus. Elle l'accablait. Une lourdeur envahissait l'air qu'elle respirait et la cigarette n'arrangeait rien. Tout était noir aujourd'hui dans sa tête.

Son désir de ne faire qu'un avec un autre corps ressurgit soudain. La chair humaine tendre, rose, consistante… Un appétit presque cannibale la saisit loin de ces pâles cadavres, inertes et desséchés. Si la vie triomphait de ce chaos, ce serait une surprise.

Léa regarda l'horloge, cette fois-ci, il était l'heure, le moment d'en finir une bonne fois pour toutes. Elle laissa la lettre de Juan et ses notes en évidence sur son bureau à l'attention du commissaire Jordan.

Cette histoire sordide n'avait que trop duré !

Chapitre XIX

Léa traversa quelques rues, son esprit ne vagabondait plus, il était tout entier tourné vers l'échéance de cette rencontre. Aucun événement ne pouvait la troubler dans cette tension extrême, elle se dirigeait vers l'accomplissement de sa destinée, et paraissait aussi froide qu'impassible. Son métier reprenait le dessus sur sa vie privée. La société punissait les meurtriers, c'était dans l'ordre des choses.

Elle sentit pourtant soudain poindre en elle un petit accès de panique, si proche de l'élucidation de ce mystère. Elle composa le numéro de David, son nouveau coéquipier depuis la mort de Georges, et s'entendit lui déclarer lorsqu'il décrocha :

« Bonsoir David, c'est Léa, j'espère que je ne vous dérange pas. Voilà, je suis sur une piste très sérieuse dans l'affaire du Coyote et je pense approcher ce soir le meurtrier. Il m'a fait parvenir un message où il formule des aveux et me dit qu'il m'attend cette nuit, vers minuit, au carrefour du parc Neruda. Je m'y dirige et je pense qu'il serait approprié d'envoyer des renforts dans ce périmètre. Vous me comprenez, David ? »

« Oui, je vais faire le maximum. Je dois en informer le commissaire Jordan », répondit-il.

« Il s'agit de mon ancien coéquipier, Juan Kruger. Il est très expérimenté, aussi, si vous mobilisez une équipe d'intervention, il vaut mieux qu'elle se dissimule, à distance, invisible dans le parc. Sinon il se méfiera... Il faudrait aussi poster des tireurs d'élite... »

« Je m'en occupe. Soyez prudente ! »

Léa raccrocha son téléphone portable, toujours troublée. Elle devait faire confiance à David, ce nouveau collègue, sans avoir eu le temps de tester son sang-froid et son intégrité.

Elle se rapprochait inéluctablement du lieu indiqué dans la lettre. Une cigarette au coin des lèvres. À mesure qu'elle avançait, les rues ou les boulevards semblaient de plus en plus déserts. Elle repensa encore une fois à ce qu'elle venait de faire, prévenir David de son initiative, et eut une sorte de scrupule, comme si elle trahissait la confiance de Juan. Mais son métier restait la priorité, sa conscience professionnelle lui dictait de neutraliser le suspect d'un meurtre. Maintenant, elle n'avait pas à faire de sentiment, après tout ce qui venait d'être accompli.

La nuit rendait la ville plus mystérieuse, moins étouffante et resserrée. On sentait que la majorité de la population rentrait chez elle se reposer. Léa pénétra dans le parc. Elle remarqua tout de suite l'éclairage parcimonieux du lieu et les nombreuses zones d'ombre où il devait être facile de se dissimuler.

Malgré l'aspect paisible de cette nuit étoilée, l'angoisse augmentait dans l'esprit de l'enquêtrice. Le bruit d'un oiseau prenant son envol dans la pénombre la fit tressaillir.

Un peu plus loin, elle vit un jeune couple d'amoureux enlacés, ils la dévisagèrent quelques instants. Sur un banc, un clochard buvait au goulot le fond d'une vieille bouteille de vin rouge.

En dépit de la présence de ces rares individus, Léa se sentait seule, isolée, loin du tumulte des grands boulevards. Le parc était grand, immense même. Durant son enfance, elle y était venue fréquemment en famille et connaissait bien les lieux. Aujourd'hui, elle venait y courir, se promener ou encore s'évader du vacarme urbain. Tout cela lui rendait le lieu relativement familier et elle était à même de s'y repérer malgré l'heure avancée.

Elle pensa de nouveau à David :

« Pourvu qu'il fasse attention à mes mises en garde à propos de Juan et que les renforts disposés se fassent les plus discrets possible », se disait-elle.

La jeune femme ressentait à présent, dans l'ambiance nocturne de la nature environnante, un silence impressionnant. La discontinuité de la lumière des lampadaires la rendait nerveuse, le lac, si étincelant en plein jour, et la forêt devenaient indiscernables dans le noir complet. Seuls quelques lampadaires éclairaient par intermittence le sentier qu'elle arpentait.

Léa ne fréquentait pas le parc la nuit. C'était une nouveauté. Elle admit volontiers qu'elle ne se sentait pas en sécurité. L'endroit lui semblait vraiment propice à une agression.

De plus en plus inquiète, elle accéléra le pas dans les allées du parc. Ce décor fait d'ombre et de lumière ne l'incitait pas à la confiance. N'importe qui pouvait se trouver là, non seulement le présumé coupable, mais quelque malfaiteur, ou autre individu peu recommandable, à l'affût d'une proie, d'une potentielle victime à agresser, voler, violer ou tuer. Elle se sentait d'autant plus vulnérable que ce soir, contrairement à son habitude, elle avait choisi de porter une robe blanche et légère qui pouvait se repérer dans la nuit et accentuer l'aspect innocent et féminin de son allure, même si son sac à main renfermait des objets plus dangereux qu'un bâton de rouge à lèvres : son pistolet, un briquet, un taser.

Si elle s'était vêtue ainsi, c'est parce qu'elle voulait paraître décontractée, naturelle et simple, pour ce rendez-vous peu banal. Peut-être au fond d'elle-même désirait-elle séduire Juan. Elle avait conscience que sa tenue, qui mettait en valeur sa peau brune, avait aimanté de nombreux regards masculins depuis qu'elle avait quitté son domicile. Elle s'en voulait d'être si naïve.

Léa arriva enfin au lieu indiqué dans la lettre, le carrefour du parc Neruda. Mis à part le bruit lointain de quelques cygnes près du lac, elle ne détecta aucune présence dans les environs. Elle consulta sa montre, il était un peu plus que l'heure convenue. Elle repéra un banc à proximité et s'y installa. Il était en évidence, près du chemin, impossible de le manquer dans ce cadre presque trop calme, au point d'en devenir troublant.

L'enquêtrice attendit en silence. L'idée d'être épiée la traversait constamment, d'autant que Juan devait se méfier d'elle et que David et son équipe étaient censés observer la scène à distance eux aussi. La jeune femme donnait l'impression de l'ignorer. En effet, elle était observée… Des jumelles surveillaient avec insistance sa présence, ainsi que les alentours, avec l'objectif d'y détecter des faits inhabituels.

Elle était aussi surprise par le paysage environnant, cette ambiance nocturne presque magique l'intriguait énormément, plus que toutes ces nuits passées à son domicile dans le confort d'une pièce et d'un immeuble. Le lac immobile, et qui pourtant ondulait, se faisait le miroir de la clarté de la lune et de milliers d'étoiles. Près d'elle, un ancien puits paraissait abriter un secret. De nuit, le parc se remplissait de mystère et de danger.

Tout paraissait calme cette nuit-là, une nuit comme toutes les autres, où le temps s'écoulait sans accroc. Mais ce silence, où la silhouette de Juan ne pointait toujours pas à l'horizon, devenait même trop calme à ses yeux. Son esprit commençait à s'agiter et convulser sérieusement au plus profond d'elle-même, de plus en plus angoissée par l'attente.

« Juan ne vient pas, se dit-elle. Il n'est pas là, comme s'il n'avait jamais existé. À part cette lettre, il ne me reste plus que des souvenirs de cet homme. Il n'est plus vraiment présent que dans ma tête… Et pourtant, il était bien mon binôme. »

C'est alors qu'un bruit sourd et fugace retentit tout près d'elle. Le son d'une arme à feu, certainement munie d'un silencieux, tout à fait audible. Léa se leva brusquement de son banc et se mit à faire de grands gestes vers ce qu'elle estimait être la source du tir.

Elle moulinait des bras dans les faibles lueurs du parc et pensait certainement le faire en vain, quand soudain la silhouette d'un homme apparut dans le paysage. C'était David, intrigué par les mouvements de la jeune femme visiblement choquée :

« Désolé Léa ! J'ai cru voir quelqu'un bouger derrière un arbre. J'ai tiré… » Pendant un long moment, ils restèrent à l'affût, sensibles à la détection de la moindre sensation suspecte à l'horizon.

Rien, absolument rien, n'altérait l'ambiance nocturne et estivale du vaste parc. À l'approche du petit jour, Léa et David furent finalement rejoints par toute l'équipe mobilisée pour maîtriser Juan. Ils étaient près d'une trentaine d'une unité spéciale…

Ils regagnèrent la périphérie du parc où se trouvaient leurs véhicules. Léa, qui tremblait de tout son corps, fut enveloppée dans une couverture de survie. Elle paraissait manifestement épuisée nerveusement par cette attente infructueuse. Cheveux en bataille, expression hébétée, posture tétanisée. Son apparence était celle d'une femme très perturbée, pour ne pas dire folle.

L'équipe se retint de faire des remarques cette nuit-là. Mais le lendemain, le commissaire Jordan, plein d'incompréhension, retira sèchement et sans commentaires le dossier du Coyote à l'enquêtrice. Il exigea avec véhémence qu'elle aille immédiatement faire diagnostiquer son état psychique très préoccupant.

Elle chercha à prouver qu'elle ne divaguait pas, mais rien n'y fit, le doute s'était installé dans l'esprit de son supérieur. Il lui reprocha de ne pas l'avoir prévenu directement.

Pourtant, on retrouva plus tard la lettre de Juan et les notes qu'elle avait laissées à son domicile, et le résultat du test ADN pratiqué sur le blessé de l'hôpital prouva qu'il ne s'agissait pas lui.

La jeune femme fut hospitalisée dans l'unité psychiatrique de la police et personne ne retrouva la trace de Juan Kruger. Les meurtres cessèrent et l'enquête fut classée non résolue.

Le Coyote responsable de tous ces crimes, quel qu'il fût, demeura une énigme et devint presque une légende.

Il arrive que des mères craintives, affolées par les premières virées nocturnes de leur fille adolescente s'écrient :

« Prends garde ma jolie, si tu traînes trop longtemps dans les entrailles de la ville, le Coyote surgira et te fera la peau ! »

Épilogue

Quelques mois plus tard…

Dans une petite chambre d'un établissement psychiatrique, demeure encore Léa, et son visage silencieux.

Elle ouvre les yeux et se redresse. La jeune femme, pieds nus, enfile ses pantoufles et ouvre la porte de sa chambre. Elle se dirige vers les toilettes de l'étage. La lune apporte un peu de lumière à cet endroit lugubre.

Léa s'approche du miroir près du lavabo et observe son visage. Il paraît très stoïque et hermétique, malgré la prise de médicaments due à son internement. Elle se regarde dans la nuit silencieuse.

Soudain, il lui semble qu'une ombre indistincte apparaît dans son dos pendant une ou deux secondes. Léa tressaille. Néanmoins, elle ne se retourne pas.

Elle se rapproche encore du miroir et scrute à nouveau son visage.

La silhouette, entrevue quelques instants auparavant, réapparaît. Cela ne fait aucun doute, il s'agit de Juan. Léa se retourne subitement.

Plus personne n'est là… Ce n'était qu'elle-même et son reflet.

La jeune femme s'éloigne du miroir, puis disparaît dans l'obscurité.

Ces mots résonnent comme un écho, prononcés par une voix grave :

« À bientôt petit papillon… »

Au loin, elle entend des pas précipités dévaler un escalier. Une porte claque.

Structures éditoriales du groupe L'Harmattan

L'Harmattan Italie
Via degli Artisti, 15
10124 Torino
harmattan.italia@gmail.com

L'Harmattan Hongrie
Kossuth l. u. 14-16.
1053 Budapest
harmattan@harmattan.hu

L'Harmattan Sénégal
10 VDN en face Mermoz
BP 45034 Dakar-Fann
senharmattan@gmail.com

L'Harmattan Cameroun
TSINGA/FECAFOOT
BP 11486 Yaoundé
inkoukam@gmail.com

L'Harmattan Burkina Faso
Achille Somé – tengnule@hotmail.fr

L'Harmattan Guinée
Almamya, rue KA 028 OKB Agency
BP 3470 Conakry
harmattanguinee@yahoo.fr

L'Harmattan RDC
185, avenue Nyangwe
Commune de Lingwala – Kinshasa
matangilamusadila@yahoo.fr

L'Harmattan Congo
67, boulevard Denis-Sassou-N'Guesso
BP 2874 Brazzaville
harmattan.congo@yahoo.fr

L'Harmattan Mali
ACI 2000 - Immeuble Mgr Jean Marie Cisse
Bureau 10
BP 145 Bamako-Mali
mali@harmattan.fr

L'Harmattan Togo
Djidjole – Lomé
Maison Amela
face EPP BATOME
ddamela@aol.com

L'Harmattan Côte d'Ivoire
Résidence Karl – Cité des Arts
Abidjan-Cocody
03 BP 1588 Abidjan
espace_harmattan.ci@hotmail.fr

Nos librairies en France

Librairie internationale
16, rue des Écoles
75005 Paris
librairie.internationale@harmattan.fr
01 40 46 79 11
www.librairieharmattan.com

Librairie des savoirs
21, rue des Écoles
75005 Paris
librairie.sh@harmattan.fr
01 46 34 13 71
www.librairieharmattansh.com

Librairie Le Lucernaire
53, rue Notre-Dame-des-Champs
75006 Paris
librairie@lucernaire.fr
01 42 22 67 13

Achevé d'imprimer par Corlet - 14110 Condé-en-Normandie
N° d'Imprimeur : 1130063 - Novembre 2021 - Imprimé en France